Nouvelles d'Ailleurs

Alexandra A. Touzet

Nouvelles d'Ailleurs

Terres d'Utoh

© 2023, Alexandra A. Touzet.
Édition : BoD – Books on Demand, info@bod.fr
Impression : BoD – Books on Demand, In de Tarpen 42, Norderstedt (Allemagne)
Impression à la demande
ISBN : 978-2-3221-3975-0
Dépôt légal : mars 2023.

À mon père

SOMMAIRE

La vouivre vagabonde

Je suis née de Golnâr, qui désigne en perse – ma langue native – *feu*, et de Mahyar, *ami de la lune*. Je connais la durée du temps, la valeur des noms et celle, plus précieuse que tout, des battements d'un cœur… Ce bruit ténu qui rythme une vie, que l'on n'écoute pas assez et qui tout à coup s'interrompt. Je l'ai entendu chanter et son silence m'a coûté mon existence humaine et mon salut…

Je suis Khatereh, *celle qui se souvient* et voici mon histoire.

Je suis née il y a longtemps en terre Sassanide. J'étais d'une grande beauté et j'attirais les regards. J'y lisais la convoitise des hommes et la jalousie des femmes, mais je les méprisais l'un et l'autre. Je ne les voyais même pas. J'avais la vanité de ne désirer que ce qui m'était interdit. J'ai poussé l'arrogance jusqu'à jeter mon dévolu sur un Grand Mōwbed. Le blasphème et la malédiction, même le poids des siècles, ne sont pas parvenus à m'ôter ce pincement léger et doux qui m'étreint encore lorsque je pense à lui, lorsque je prononce son nom…

Negin. *Diamant.*

Au premier regard, je l'ai aimé. Follement. Presque prince, déjà promu au rang supérieur de grand prêtre. J'étais jeune et inconsciente, je l'ai séduit. Il était admirable et innocent, il a cédé. Il m'a offert son cœur et son âme. Il a souffert des affres de la passion et du déchirement face à sa vocation.

11

Lors de notre dernière nuit d'amour, il m'a offert un pot à fard en cristal taillé en déclarant :

« Imagine qu'il s'agit là d'un diamant. Si j'avais pu trouver un tel joyau… mais ce n'est que du cristal, façonné pour toi. Garde-le précieusement. Il y a là tout mon amour. »

Il est mort au lever du jour. Pendant mon sommeil, il s'était glissé en haut des murailles du temple de la Déesse, qu'il avait dédaignée pour mes bras, et il a fait offrande de son corps pour mettre fin aux tourments dans lesquels il se débattait pour moi.

Anāhitā est d'une grande indulgence et d'une grande cruauté. Elle a pris la vie de Negin et a méprisé mes larmes. Elle s'est saisie de ma beauté et, pour toujours, a fait de moi un monstre. Le même jour, le soleil s'est levé pour voir Negin mourir et s'est couché pour me voir devenir une vouivre. Mon visage a gardé ses traits harmonieux, mes cheveux sont restés longs et soyeux mais ma peau s'est couverte d'écailles verdâtres. Dans mon dos, deux monstrueuses ailes brunes et fripées sont apparues et le bas de mon corps est devenu celui d'un serpent.

J'ai été chassée de ma maison, de ma ville, de mon pays. J'ai fui en rampant – je ne savais pas alors me servir de mes ailes – dans la poussière de la nuit, n'emportant avec moi que ma boîte de cristal et un rubis sur mon front. Un don de la Déesse en souvenir de ce cœur que je lui avais volé et qui me serait désormais attaché pour toujours comme le stigmate indélébile de ma vanité.

Après des jours d'errance, j'ai trouvé refuge au cœur d'une forêt qui m'avait semblé assez loin de toute habitation humaine. Je me cachais le jour dans un trou de terre et sortais la nuit pour boire et me baigner dans les eaux claires d'un étang tout proche. Chaque nuit, à la même heure, je procédais ainsi et le temps est passé avec douceur sur ma solitude. Avant d'entrer dans l'eau, je plaçais l'escarboucle, qui reposait toujours sur mon front, dans ma précieuse boîte. La pierre était le cœur devenu froid et muet de Negin et je l'installais avec respect dans son écrin de cristal, le seul cadeau que ne m'ait jamais fait mon amant disparu.

Je me souviens de cette nuit, particulièrement lumineuse. La lune était d'une parfaite rondeur et l'eau brillait comme le cristal dissimulé dans la mousse. Il arrivait que j'entende des bruits pendant mes ébats aquatiques, que je me sente observée et cette nuit n'a pas fait exception. Sauf qu'à mon retour sur la rive, j'eus beau chercher, gratter la terre, arracher l'herbe humide, je ne retrouvais ni ma boîte, ni son précieux contenu. Je ne me méfiais pas alors. Je me disais que personne ne voudrait approcher un monstre tel que moi. Personne ne pouvait supporter une telle vision. Personne. Mais ce n'était pas moi cette fois qui attirais les convoitises…

Après un temps infini à pleurer, hurler et me lamenter, je remarquais, au milieu de mon carnage végétal, des traces de pas. Je me mis à les suivre en écrasant rageusement mes larmes et mon errance commença. Le voleur savait qui j'étais et ce qu'il risquait. Il était sur ses gardes, ne passait jamais une nuit au même endroit et veillait bien à se tenir le plus loin possible d'un point d'eau. Il allait de grandes villes en grandes villes, passant de longs moments dans ces lieux qui m'étaient interdits. J'attendais alors, dans une cachette de fortune, cherchant un sommeil qui ne venait pas. Je connaissais désormais son odeur et le temps était mon allié. Il ne m'échapperait pas éternellement ce mortel imprudent !

C'était le temps des nuits de désespérance. Je me recroquevillais dans mon creux de terre attendant que la traque reprenne et je repoussais l'instant de rejoindre l'élément aquatique, jusqu'à ce que ça devienne intolérable, car alors je devais affronter ces sombres minutes où mon front nu et mes mains vides me rappelaient – s'il était besoin ! – la perte que j'avais subie.

Des années étaient passées sans doute lorsque mes griffes s'enfoncèrent enfin dans la chair de mon odieux voleur car ses cheveux étaient devenus gris. Il quittait une ville pour se jeter dans une autre. Son cheval menait grand train et il lui aurait été facile de me distancer si le temps n'avait pas été si sombre. Un orage menaçait et il faisait noir en plein jour comme si la nuit était imminente. J'ouvris alors mes ailes sans crainte d'être vue et je gagnai aussitôt du terrain sur le fugitif. Je piquai et, enfin, ma peau froide entra en contact avec la sienne lui arrachant un frisson. Il poussa un cri lorsque je le jetai à terre. Un craquement sonore lui répondit en écho et je remarquai, avec un amusement soudain, l'angle disgracieux que dessinait l'une de ses jambes. Mais il était vivant et essayait encore de fuir.

Je le retins, écrasant son corps sous le mien :

« Je sais ce que tu cherches, créature du diable, souffla-t-il. Mais je ne l'ai plus ! J'en ai fait don à la sainte Église de Rome !

— Que dis-tu ? articulai-je à son oreille.

— Je pensais acquérir joie et richesse avec les objets que je t'ai dérobés… Mais le temps ne m'a donné que plaisirs passagers et une succession de malheurs !

— Pourquoi ne me les as-tu point rendus ?! »

Je me souviens qu'il a souri et que c'est cela, plus que les paroles qui ont suivi, qui a décuplé ma colère.

« M'aurais-tu épargné alors ? »

En guise de réponse, j'enfonçai mes griffes dans sa gorge. Lentement. Prenant plaisir à voir son sang perler, puis couler dans un flot de plus en plus épais. La lueur blafarde de cette fin de jour me permit de contempler le visage de cet homme. Il a cherché l'air longtemps, étouffant dans son propre sang et finalement m'adressant un ultime regard terrifié. Je serrais encore lorsqu'il devint immobile, lorsque son visage passa du rose au noir. Je fis de son cou une sombre bouillie. Il était mort et je me suis convaincue qu'il m'avait menti et que mes objets précieux étaient quelque part sur lui. Alors je déchirai ses vêtements, puis de rage m'attaquai à chaque partie de son corps. Minutieusement, je fis de la nuit qui venait une nuit sanglante. Ma première nuit de meurtre. Au petit jour, j'abandonnais avec une satisfaction éphémère et démente les membres déchiquetés, éparpillés, réduits en morceaux infimes de ce qu'était autrefois cet homme. Il me fallut du temps pour sortir de ma léthargie contemplative. Les images de mon carnage dansaient incessamment derrière mes paupières.

Une nuit, je partis au hasard, sans envisager de reprendre ma quête, infiltrant les villes par la voie des eaux ou celle des toits. Je guettais sans y croire vraiment les paroles des prêtres de Rome. Et de doutes en indices, j'avançais lentement vers le nord. L'espoir revint, ténu, me soufflant que je retrouverais un jour peut-être ce qui faisait battre mon cœur maudit.

Et me voilà dans ce coin de France. Varzy. Un village marqué par l'eau jusque dans son nom et je connais la valeur des noms. Alors je me suis établie dans un bassin. Un lavoir en cœur de village. Le jour, je laisse la surface aux humains et je trouve le repos dans une canalisation alimentée par une source fraîche qui passe sous la Collégiale Sainte Eugénie. Je ne crois pas dans le dieu des chrétiens, mais l'histoire de cette sainte qui a tant souffert n'est pas parvenue à me laisser indifférente.

Je me suis immédiatement sentie bien en ce lieu. Je pensais d'abord que la fatigue de ces siècles de recherche et d'errance fondait sur moi. Mais je n'ai compris qu'il y a quelques jours la raison de ce sentiment : mon trésor était là, tout près ! Quelque chose en moi l'avait deviné. Dans mon souterrain, les voix des humains résonnent. C'est là que j'ai entendu quelqu'un parler d'une relique, un Bras d'Or, qui contenait un humérus de la sainte, mais aussi un objet atypique, selon une légende... Une boîte de cristal sculptée datant d'une époque ancienne, antérieure à celle de la relique elle-même... La coïncidence me parut impossible ! Il fallait que j'en sois certaine !

J'ai attendu que vienne une nuit sans lune. Je voulais me glisser dans l'ancienne église et dérober la relique. Mais le hasard a voulu que des hommes aient, ce même soir, la même idée. Je les ai suivis en maudissant l'ironie du destin qui m'enlevait encore mon trésor alors qu'enfin j'allais le retrouver !

Les hommes de ce temps ne croient plus en des êtres tels que moi. Ils ne se sont pas méfiés et m'ont guidée en fanfaronnant dans la forêt aux abords d'une chapelle. Ils se réjouissaient de posséder un bras d'or et ont perdu leur bel enthousiasme en ne voyant qu'une fine feuille dorée se détacher du morceau de bois sculpté. J'espérais qu'ils l'abandonneraient simplement dans l'herbe. J'attendais de pouvoir m'en saisir sans me faire remarquer. Mais il a fallu que ces inconscients jettent l'objet dans le feu qu'ils avaient allumé là...

Je ne réfléchis pas davantage et bondis. Je poussai la relique hors du brasier et me lançai sur les hommes qui, tétanisés par mon apparition, n'eurent d'abord pas l'idée de fuir. Je les tuai vite. Leur mort était une étape insupportable qui s'interposait à nouveau entre mon trésor et moi. Je ne prenais pas le plaisir du carnage que j'avais connu pour mon voleur, des siècles plus tôt. J'étranglai le premier dont la nuque se brisa ridiculement vite. J'enfonçais mes griffes dans l'abdomen du second et le laissai se tordre et se répandre de longues minutes tandis que le troisième tomba simplement en tentant de fuir. Je le crus évanoui d'abord et m'apprêtai à lui ouvrir le cou lorsque je comprenais qu'il était mort. Son cou s'était-il brisé ? Ma vue l'avait-elle à ce point épouvantée ? Je ne m'attardais pas sur ces questions, il ne respirait plus et son corps commençait à devenir aussi froid que le mien.

Alors je me tournai vers le Bras tristement écorché de son or.

J'ai attendu que le silence revienne. Je fixais l'objet avec dévotion, moi qui ne crois qu'en des dieux d'autrefois. Au terme d'un long sanglot, je pris la relique dans mes mains tremblantes. Je découvrais rapidement la cachette, à la base, dans laquelle mon trésor m'avait attendu tout ce temps. J'y ai laissé le pot de cristal comme un don à la sainte qui avait pris soin de mon bien. Mais l'escarboucle brille à nouveau sur mon front et tandis que des larmes coulaient sur mes joues, elle dessinait dans le ciel une ligne de feu alors que je retournais vers le bassin.

Maintenant, à la nuit tombée, le bijou trouve place dans une anfractuosité de la roche, un lieu invisible et inaccessible pour les humains. Je sais où est le pot de cristal et je ne souffre plus de ne pouvoir le contempler chaque jour. J'ai mon rubis, le cœur à jamais immobile de Negin et je me replie sur ce bonheur retrouvé.

Aimer Negin aura peut-être fait de moi un monstre. Mais aurai-je vraiment vécu si je ne l'avais pas aimé ?

Le Relai des voyageurs

Un restaurant abandonné en bord de route et de forêt s'adresse à des visiteurs qui viennent hanter le lieu la nuit...

Entrez, n'ayez pas peur, entrez... Cela devient si rare pour moi de recevoir des visiteurs. Laissez-moi goûter un instant à la chaleur du feu que vous allumez là... Un tout petit instant, s'il vous plaît, et je vous raconterai mon histoire. À présent, je vis tout le temps dans le noir, voyez-vous, et abriter un peu de lumière – même si elle se nourrit du bois de mes vestiges – ça m'étourdit un peu. C'est comme s'il fallait du temps pour que mes yeux s'y fassent... Je n'ai pas d'yeux bien sûr, mais comme vous, j'ai besoin de ce temps... Et je vous raconterai mon histoire ensuite. Juste un peu de temps pour me souvenir qu'il n'y a pas que l'ombre et le froid... Un peu de temps... Étrange notion, le temps...

Voilà, je suis prêt. Dieu, que cette chaleur est douce ! Parlez, parlez ! Ne faites pas attention à moi. Laissez-moi l'illusion que vous m'écoutez. Laissez-moi l'illusion que vos rires, vos voix qui s'enivrent, s'exclament plus fort à mesure que la nuit avance, cherchent à couvrir mes paroles. Laissez-moi l'illusion, ce soir et tant que ça durera, que je suis l'un d'entre vous. Disons que je suis cet ami, un peu gênant, que vous mettez de côté, mais dont vous n'avez tout de même pas eu le cœur de refuser la présence ; qui est là, mais que vous ignorez. Faisons comme cela. C'est tellement rare pour moi d'avoir un peu de compagnie et j'aime parler aux gens. C'est une manie que j'ai développée au contact des hommes. Si vous saviez comme je souffre de cette parole que je ne m'autorise plus ! Alors ce soir, je vais vous raconter mon histoire et puis, lorsque vous partirez, je me replierai à nouveau dans le mutisme.

J'étais – à une époque où vous nous n'étiez sans doute pas encore nés – un lieu de rencontres et de rires. J'ai eu mon heure de gloire, vous savez. Elle a duré plusieurs années. Quelques décennies. Pas tout à fait la durée d'une vie humaine, même si j'avais été construit au départ pour m'édifier un peu plus longtemps. Voyez où cela m'a mené...

Bref, je me souviens des hommes qui m'ont bâti. Ils étaient pleins de courage. Moins pour l'ouvrage qu'ils accomplissaient, il faut l'avouer, que pour le salaire qu'ils attendaient. Mais, moi, je ne rentrais pas dans ces calculs, je me disais que je leur devais tout. J'allais mettre ma vie à leur service, cela allait de soi.

Que pouvais-je faire d'autre de toute façon ? J'étais enraciné à la terre et j'assistais à la mise en scène de mon entrée dans le monde. Les arbres brisés, les sols aplanis puis lentement goudronnés. L'air empestait, mais, au fond, c'était pour moi tout ça ! Je ne pouvais que m'en féliciter... Ils disaient, ces hommes, que des gens allaient venir jusqu'à moi, des quatre coins de la France ! Je ne comprenais pas ce que cela signifiait, mais je pressentais que ce serait extraordinaire. Je m'enorgueillissais par avance de ces mots qui me vouaient au voyage alors que je ne connaîtrais jamais le moindre déplacement. C'était comme une promesse : le voyage viendrait à moi, *des quatre coins de la France...*

J'étais un restaurant d'étape sur la route des vacances, disaient ceux qui, dans leurs impeccables costumes trois-pièces, étalaient d'interminables rouleaux de papier et discutaient longuement d'axes, de fréquentations, de bénéfices et d'opportunités. Il y avait ce nom qui me faisait rêver, malgré mon absence de cœur et mes fondations de pierre : *la route du soleil*. Ils y croyaient, ces hommes, et ne sachant rien, j'y ai cru moi aussi. Au début, tout allait comme ils le voulaient : des gens sont venus. Il y a eu des « Oh ! » et des « Ah ! » Des mains se sont serrées. J'appartenais à quelqu'un de minuscule qui devait me *faire vivre* et qui l'a fait au début...

Alors qu'on avait arraché des arbres pour me voir sortir de terre, les hommes en ont planté de nouveaux autour de moi. *Pour aménager un espace arboré convivial propice à l'accueil des clients*, clamaient-ils à qui voulait les entendre. Une belle pancarte fléchée indiquait l'endroit où me trouver depuis la route, puis une autre plus large, d'un blanc immaculé, sertie de lettres fines et de savantes découpes arrondies a été posée au-dessus de ma porte. J'avais un nom désormais. J'étais : *Le Relai des voyageurs*. Les véhicules défilaient sur l'allée bordée d'herbe, du printemps à l'automne. L'activité entrait en sommeil en hiver, période où la famille que j'hébergeais lançait quelques réparations et dépoussiérages drastiques en attendant le retour de la belle saison.

Ces années se sont écoulées à une vitesse folle. N'est-ce pas toujours le cas des moments agréables ? On se laisse bercer, en se disant que ça a un goût de *pour toujours* et on oublie de savourer. Comme tout le monde, j'ai oublié cela... Et, lentement, les habitudes se sont modifiées : les centres d'attractivité urbains, les modes de vie, les voies de communication... Les usages d'hier ont été brutalement remplacés par ceux de demain. La société versatile qui m'avait rendu indispensable a soudain fait de moi un espace inutile. Je n'étais plus rentable, disaient les hommes qui vivaient sous mon toit. Plus rentable ? Qu'est-ce que cela signifiait ? *J'étais*, me semblait-il. Mais, cela ne suffisait visiblement plus pour eux.

Ils m'ont vendu à d'autres, puis à d'autres encore...

Le temps s'est alors mis à couler cruellement, devenant peu à peu la boue épaisse dans laquelle je suis aujourd'hui englué. Les cris sont devenus quotidiens, comme la vaisselle brisée. Je me souviens des premiers, ceux d'un enfant qui refusait son repas, les paupières lourdes. Sa tête s'approchait de la table. Irrépressible attraction du sommeil. Je m'étais laissé aller à vouloir accompagner son endormissement. Il est si facile de souffler des choses à l'oreille des enfants. Je l'avais découvert par hasard et m'en amusais beaucoup. Dans des sonorités de basse inaudibles, semble-t-il pour les adultes, j'invitais l'enfant, déjà épuisé, à fermer les yeux. Je m'apprêtais à lui souffler des rêves de jeux orchestrés dans mes murs, il y avait longtemps, par d'autres enfants. Je me réjouissais à l'avance de lui confier, par ce biais détourné, mes souvenirs les plus tendres, les plus joyeux. Mais, une gifle a surgi, dans toute son incompréhensible brutalité, et le hurlement de l'enfant a résonné comme une alarme entre mes murs. C'était le premier d'une longue suite de malheurs auxquels j'allais assister...

Je me souviens aussi de cette femme qui servait certains jours. Elle arborait toujours un large sourire, sous des épaules voûtées. Peut-être pensait-elle donner le change ? Mais il était évident qu'elle avait beaucoup souffert, qu'elle souffrait encore, que la souffrance s'accrochait à elle comme une seconde peau. Elle avait un corps fluet qui se déplaçait toujours comme s'il pesait trop lourd. Je m'étais un peu identifié à elle à son arrivée, parce que comme elle, j'avais l'impression d'être sous le joug d'une cruelle fatalité. Et encore, à cette époque, j'en avais vu si peu... Quoi qu'il en soit, un soir, un de mes nombreux propriétaires, l'avait emmenée dans la réserve, *pour faire le point*, avait-il dit. Il y avait une erreur de caisse, proclamait-il hardiment, et demandait des comptes. La pauvre femme maintenait que ce n'était pas possible, qu'elle avait fait *bien attention*...

L'homme l'avait laissé parler, argumenter, se défendre, longtemps, en ricanant parfois. Et puis, il avait saisi le corps trop lourd de la serveuse, qui pour lui était léger, si bien qu'il pensait avoir le droit de se l'approprier. Il s'est mis à murmurer, à voix si basse que personne d'autre que cette femme et moi pouvions entendre : « On s'en fout, hein ? Qui te croira ? » J'ai senti alors la peur de la femme... Invisible, elle a envahi son corps et s'est mise à suinter sur le sol, s'immisçant entre les lames du parquet, grimpant lentement le long des murs au papier défraîchi, pénétrant chaque pierre, chaque brique, exerçant une ascension lente et régulière jusqu'à la charpente encore solide de mon toit. Son corps de femme se dépossédait d'elle-même, tandis que l'homme l'envahissait. Elle lui a laissé toute la place, dans cette enveloppe de chair tiède, et elle est venue se réfugier auprès de moi. Je l'ai accueillie. J'ai même essayé de l'éloigner des cris étouffés et de la douleur de son âme. J'ai fait de mon mieux pour atténuer le mal que l'homme lui faisait. Je lui ai dit tendrement : « Quand ce sera fini, il faudra que tu partes et puis que tu oublies. » Je ne pensais pas qu'elle m'entendrait. Les mots étaient sortis comme cela, dans tout le désespoir qui rayonnait d'elle à moi. Alors elle m'a suivi aux tréfonds de la pierre et nous avons attendu que le mal cesse en nous serrant l'un à l'autre dans d'invisibles bras.

Les minutes ont défilé, devenant des heures de tourment sourd. Puis, l'homme est parti, fier et repu comme un fauve abandonnant une carcasse devenue inutile. L'esprit de la femme m'a soufflé un déchirant *Merci* avant de rejoindre son corps abandonné sur le sol, replié, tremblant, en position fœtale. Je l'ai regardée longtemps réintégrer cette enveloppe remplie de douleurs, rassembler ses vêtements et verser de longs sanglots. Pourtant j'aurai aimé qu'elle reste auprès de moi. Il était si doux de partager ma solitude avec cet être qui entendait ma voix... Mais elle est partie un peu avant l'aube. La nuit s'est refermée sur elle et jamais je ne l'ai revue.

Ensuite, il y a eu d'autres cris encore. Ils résonnaient plus fort entre mes murs vides. On me dépossédait de mes meubles pour payer les dettes et l'absence de clients faisait résonner un sombre silence dans mes couloirs. Les cris de l'homme et de sa femme scandaient chaque soirée désormais. La femme lançait des *tu ne m'as jamais aimée*, des *et toutes ces autres femmes* et puis des *je sais bien ce que tu traficotes dans les cuisines avec l'autre...* Elle répétait inlassablement : « Comment on va faire, mais comment on va faire ? » Ce à quoi, l'homme ne répondait que par des *si t'es pas contente, tu sais c'qui t'reste à faire !* Et lorsqu'il avait assez bu, il arrivait parfois que les cris s'interrompent et se changent en sons plus étouffés de coups ou de corps emmêlés.

J'avais une vague notion de ce que pouvait être l'amour – j'avais vu des couples s'enlacer dans les jardins... Il y avait de la tendresse, de la douceur, des rires, des gestes lents. Il me semblait que l'amour des corps était quelque chose qu'il fallait faire durer, mais, là, ce n'était pas cela. Il y avait toujours de la brutalité dans les gestes de l'homme et pas une once de d'envie dans ceux de la femme. Pas de peur non plus, ni de révolte, mais une espèce d'acceptation d'un état de fait ordinaire. Je comprenais alors que l'amour aussi avait déserté mes murs, que le vide s'emparait maintenant de moi. Je ne l'avais pas vu venir et ne pouvais rien faire contre lui. Ma volonté ne suffisait pas, n'avait jamais suffi. *J'étais*, voilà tout et, témoin de pierre, je subissais la vie que les hommes menaient auprès de moi.

Une nuit, les cris se sont faits plus lourds. La femme voulait partir. Il lui était déjà arrivé de remplir des valises de vêtements, mais, jamais elle n'avait parlé d'amant. Or, ce soir-là, elle évoquait des choses inédites comme *l'amour* et *vivre une autre vie, l'espoir* et *tout recommencer*. L'homme n'avait pas bu alors et ses cris étaient plus forts que d'ordinaire, ses paroles plus violentes. Je sentais la rage monter en lui et la peur gonfler dans le corps de la femme. « Arrêtez, je vous en prie... Il faut que ça cesse... Laisse-la partir ! » L'homme a répété mes paroles : « Oui, il faut que ça cesse ! » Pour une fois, une sinistre fois, il m'avait entendu, mais n'avait pas compris... Ses poings se sont serrés et ont frappé le visage et le corps de celle qui n'était plus à lui. J'étais si consterné que je l'ai regardé écraser le visage rond de la femme sur le carrelage clair et répandre son sang jusqu'à ce que le silence revienne.

L'esprit de la femme, que son corps moribond ne pouvait plus retenir, a senti ma présence et a voulu imprégner mes murs. Cette fois, j'ai réagi : je ne l'ai pas laissée faire. Je l'ai jetée dehors. Ce n'est pas elle que je voulais avec moi pour toujours. Son fantôme s'est enfui en sifflant de terreur et j'ai hurlé à l'homme de partir lui aussi. Il n'a pas entendu. Sa rage était tombée, celle qui le rendait fou et attentif à mes paroles. Il est resté longtemps immobile, penché au-dessus de la dépouille de celle qu'il avait aimée un peu, un jour. Et puis, il s'est levé. Mes mots roulaient maintenant dans sa bouche. *Il faut que cela cesse. Il faut que cela cesse.* Il s'est couché en avalant des poignées de cachets et des litres d'alcool. Sa face tachée de sang grimaçait à chaque gorgée. Il a fini toutes les bouteilles rassemblées sur son chevet et a ramené les couvertures jusqu'à son menton. *Il faut que cela cesse.* Ses yeux se sont fermés. La lumière s'est éteinte. Puis plus rien. Il n'est pas venu à moi, s'est seulement endormi et jamais réveillé.

À cette époque, j'avoue que je me suis laissé aller à une espèce de langueur... Les drames successifs m'avaient un peu brisé. Je ne pouvais rien faire, si ce n'est détourner le regard et laisser les corps morts pourrir dans le silence. Je ne pouvais apporter aucune aide à personne, ni à moi, ni à ceux qui ne pouvaient plus pleurer contre le carrelage glacé. Alors, j'ai décidé d'élever mon attention vers le ciel. Les couleurs changeantes, la pluie bienfaisante, les nuages m'apportaient des nouvelles de ce *là-bas* rêvé, attendu, que je ne verrai jamais. J'ai espéré une certaine forme de spiritualité, mais j'avais trop cru un temps, pour croire encore... Rien n'est venu, pas même l'oubli. Doucement, je me suis rapproché de la terre qui se mêlait à mes fondations. J'ai senti que rien ni personne n'adviendrait plus. Alors le silence et le vide ont cessé de me tourmenter. Une autre forme de quiétude a commencé. Plus de verres brisés. Parfois une poutre qui lâche et, après le fracas, le calme à nouveau. C'est dans tout ce rien que la forêt peu à peu a repris ses droits. Il a fallu du temps – toujours cette notion étrange et versatile – pour qu'elle m'approche, qu'elle me frôle, qu'elle m'intègre à sa géographie. Elle n'a pas hésité longtemps, cette grande dévoreuse : j'étais sur son chemin.

Maintenant, la végétation recouvre tout, s'incruste partout. Je deviens *elle*. Mon identité m'abandonne. Si l'homme me retrouve, il est sûr qu'il me détruira. J'ai perdu toute utilité pour lui. Alors, je suis en cavale malgré mon immobilité. Le sait-elle cette forêt qui peu à peu me recouvre de son manteau de verdure ? Chaque jour, elle avance sur mes ruines, poursuit son œuvre avec une muette détermination, entrave un peu plus les accès qui mènent à moi. Bientôt, personne ne me trouvera plus. Vous êtes là, vous, ce soir, mais bientôt vous ne pourrez plus parvenir jusqu'ici. Vous trouverez un autre endroit pour boire, rire et dormir. Bientôt, personne n'aura plus l'idée de venir ici et de faire de moi un refuge secret de transgression. Bientôt, je serai un souvenir oublié.

La forêt avance. Elle prend sa revanche sur moi qui l'ait obligée un temps à repousser ses frontières. Comme je ne suis plus à l'homme, je suis maintenant à elle. Et je ne lutte pas. Je la laisse faire. Les mots n'ont aucun pouvoir sur elle. Je n'ai pas le choix, je ne l'ai jamais eu. Je suis enchaîné à moi-même et maintenant mes liens deviennent les siens : chaque jour davantage des racines végétales transpercent mes parois, se font un chemin dans ce que je fus. Elles me déconstruisent en silence, sans me consulter, avec une tranquille autorité. Je les laisse faire, je n'ai pas le choix. Je n'ai pas demandé à naître et je me laisse disparaître. Peu à peu, je perds mon identité. Je deviens *elle* et, enfin, la mémoire m'échappe.

Valse au crépuscule

Nouvelle co-écrite avec Magali VILLETARD

PROLOGUE

Est-il possible de bouleverser une vie en quelques heures ? D'évoluer dans un univers que l'on croyait balisé de certitudes et le voir balayé tout à coup ? Constance passe les mains dans ses cheveux défaits. Elle s'assoit sur le tabouret, devant sa coiffeuse. Ses doigts s'enroulent distraitement autour des boucles blondes qui ondulent librement jusqu'à ses hanches. Il y a un mois, elle ignorait ce qui allait se produire. Le Domaine de La Martinière ne lui évoquait encore rien. La simple possibilité de traverser la vaste étendue bleue qui bordait la maison de ses parents était une invraisemblance qu'il ne lui serait jamais venu d'imaginer. Et pourtant…

Elle saisit la brosse au manche d'ivoire et la plonge dans ses cheveux. Elle revoit le visage de sa mère lorsque son père lui a annoncé, les yeux au sol, qu'il fallait qu'elle parte. Un mariage inespéré était arrangé avec un richissime propriétaire terrien en Martinique. La demande était inattendue et ne pouvait être repoussée. Il en allait de l'avenir de sa famille. Constance avait écouté son père sans dire un mot. Il lui avait annoncé la nouvelle d'une voix éteinte, comme s'il récitait un texte dont il voulait se persuader du bon sens.

Constance avait cherché sa mère du regard. Aux côtés de son père, elle était d'une pâleur morbide. Ses yeux étaient rouges et brillants. Elle fixait un point quelque part au-dessus de l'épaule de Constance, évitant son regard. Des larmes perlaient au bord de ses yeux lorsque son père avait finalement trouvé la force de dire :

« Tu pars dans trois jours. »

La sentence était tombée. Fille unique d'une famille dont la noblesse ne résonnait encore que dans le nom, le mariage était inévitable. Il n'était pas question de la consulter. La décision était prise. Il fallait qu'elle s'y plie. Son destin était scellé.

Constance n'a gardé aucun souvenir de ces trois jours qui se sont perdus dans un tourbillon de préparatifs : les malles se sont remplies et entassées, des voisins, étrangers, inconnus, sont venus saluer l'heureuse fiancée avant son départ pour *les colonies*. Dans ce mot, il y avait tout le mystère d'un autre monde. On lui assurait qu'elle allait à la rencontre du dépaysement, du mystère, du bonheur. La Martinique, c'était lui a-t-on répété : l'ivresse des parfums, des couleurs à profusion, des paysages à couper le souffle et surtout une vie d'opulence, à nouveau, pour elle et pour sa famille, dont le blason se redorait enfin.

Durant la traversée en bateau, Constance avait eu cette chance de ne pas souffrir du mal de mer. Les chaos de l'océan, les remous des courants l'avaient tantôt fascinée, amusée, effrayée. Elle s'était laissé bercer par le roulis des vagues, tandis que d'autres étaient restés des dizaines de jours cramponnés au bastingage, pliés en deux, à supplier pour que cela cesse – le voyage ou leur vie. Agnès, la petite bonne que ses parents avaient désignée pour la suivre au-delà du monde, fut de ceux-là. La pauvre enfant était restée enfermée des jours durant et n'avait trouvé la force de sortir de sa cabine que lorsque la terre se referma enfin sur la coque du bateau accostant au port de Saint-Louis. Agnès avait accompagné sa patronne d'un pas chancelant jusqu'au quai, retrouvant peu à peu une démarche assurée tandis que Constance, haletante, sentait peser de plus en plus sur ses épaules une vague d'appréhension.

Ce malaise qu'elle mit d'abord sur le compte de l'humidité ambiante s'accentua lorsqu'elle vit la demeure, une immense bâtisse de bois blanc ourlée de végétation exotique. Les domestiques s'étaient efforcés de l'accueillir avec des égards auxquels elle n'était pas habituée. Leurs grands sourires immaculés sur leur peau brune l'impressionnaient. Elle ne voulait qu'une chose : retrouver la solitude de sa chambre, celle qu'elle occupait chez ses parents, il y a encore quelques jours. Mais ce n'était plus possible. Une terrible question lui traversa l'esprit lorsqu'elle posa le pied dans sa nouvelle demeure : reverra-t-elle un jour les côtes d'Aquitaine ?

Et puis, le tourbillon avait repris : les malles s'étaient accumulées autour d'elle, comme avant son départ, s'étaient vidées dans les deux grandes armoires de bois laqué disposées, face à face, autour du lit à baldaquin qu'elle occuperait désormais. Le mariage avait été prononcé la veille. Elle n'était plus Constance de la Chesnaie. Depuis hier, tout le monde l'appelait Mme Hoedburg. Et, dans ce lit, elle venait de découvrir l'âpre réalité de ce que serait maintenant sa vie d'épouse.

Son mari s'était présenté le soir de l'arrivée de Constance. Avant de lui adresser la parole, il l'avait longuement jaugée. Sans doute lui avait-on vanté la beauté de la jeune femme. Il s'était finalement incliné avec un sourire satisfait. Après quelques banalités polies sur cette maison qui lui plairait assurément – une vaste demeure de maître abandonnée durant des années –, il avait disparu dans son bureau, appelé par une affaire urgente. Constance ne l'avait revu qu'hier, lors de la cérémonie. Elle avait alors pris le temps de l'observer à son tour, saluant mécaniquement le défilé des visages inconnus qui passaient devant elle. Harold Hoedburg était beau d'une certaine manière. Ses traits harmonieux, sa prestance inspiraient l'admiration. Constance crut qu'il lui serait facile de s'éprendre de cet homme, que sa vie promettait d'être douce auprès de lui.

Mais, depuis la nuit de noce, cet avis ingénu était quelque peu remis en question. Constance ignorait ce que pouvait être l'amour. Il lui semblait que son père faisait parfois preuve d'un peu de tendresse envers sa mère. Elle les avait surpris quelques fois, marchant l'un contre l'autre ou échangeant un regard chargé de douceur. Mais ce qu'elle avait vécu hier était violent, brutal. Elle s'était endormie meurtrie, avec, pour seul soulagement, celui de voir son beau mari partir se reposer dans la chambre voisine.

Est-ce cela l'amour ? se demande maintenant Constance en faisant glisser la brosse dans ses cheveux. Il lui faudra du temps pour parvenir à s'en convaincre. Elle suspend son geste en croisant, dans le miroir face à elle, le regard vide d'une femme qu'elle ne reconnaît pas.

À ce moment, des coups frappés à la porte la sortent de sa torpeur. La jeune Agnès entre et lance en chantonnant :

« Ah, madame ! Vous êtes réveillée ! Je vais préparer votre toilette ! »

Constance sourit en regardant cette jeune fille dont elle se sentait si proche, hier encore, et qui aujourd'hui lui paraît être une enfant innocente. Un gouffre irréparable s'est creusé cette nuit entre elles deux, lui rappelant la douleur qui résonne encore cruellement dans sa chair.

« Monsieur est parti précipitamment pour Saint-Louis. Appelé au petit jour par le gouverneur. Vous dormiez encore, madame. Il n'a pas souhaité que l'on vous réveille. »

S'il est parti pour Saint-Louis, il ne rentrera pas ce soir. Constance baisse les yeux pour masquer le soulagement qui se dessine déjà sur son reflet. *Est-ce cela l'amour ?*

CHAPITRE 1

Ma très chère mère,

Madame de la Roseraie est venue nous honorer de sa présence ce matin et m'a parlé de votre entrevue à Sainte-Lucie. Je vous avouerais que ses propos m'ont rassuré sur l'état de votre santé car je vous soupçonne de vous prêter dans vos lettres au jeu de l'optimisme afin de ne pas me causer d'inquiétude. Vous ne sauriez que trop en effet que je viendrais dans l'instant vous chercher à la Soufrière, quitte à prendre les rames moi-même, si j'avais la moindre inquiétude à votre sujet. Elle m'a narré avec force détails votre chute malheureuse et ses fâcheuses conséquences sur votre cheville (et sur le service à thé de tante Adelphine !). Je n'ai qu'un conseil à vous prodiguer, restez aussi longtemps qu'il le faudra chez Madame votre sœur et ménagez autant que possible votre pied délicat.

Père est parti tôt ce matin à Fort-de-France ; il a reçu dans la soirée d'hier une missive lui exposant l'arrivée très prochaine des nouveaux tonneaux commandés en Aquitaine. Il était temps qu'ils arrivent car nous avions sous-estimé les dommages de l'ouragan d'avril dernier et il s'avère que le toit du chai, en s'effondrant, a abîmé de façon sournoise plus de fûts que nous ne l'imaginions. Heureusement, dans la majorité des cas, le rhum n'eut pas à souffrir de ce désagrément, nous le laisserons vieillir dans les barriques les moins fragiles que nous remplacerons d'ici 18 mois.

La récolte de la canne de la dernière parcelle Sud du domaine est bientôt achevée. De ce que j'ai pu en voir, ce qui d'ailleurs m'a été confirmé par le contremaître, le vesou de cette portion donne un sirop clair et goûteux qui laisse entrevoir une récolte généreuse. Ce ne serait que justice après les récoltes un peu décevantes des années précédentes. Pour vous dire à quel point j'ai bon espoir : je suis en train de m'entretenir avec plusieurs chaudronniers afin de remplacer les chaudières les plus anciennes.

L'habitation est bien trop calme sans vous et je me trouve obligé de surveiller le personnel qui se complaît dans l'oisiveté sans vos ordres et votre attention continue. Il faudra d'ailleurs que vous ayez à votre retour une franche entrevue avec Henriette atteinte depuis quelque temps d'une profonde mélancolie, qui s'accentue à mesure que son profil s'arrondit. N'étant certain de mon fait, je n'ose m'en confier à Père qui, de colère, renverrait assurément cette pauvre enfant. Dans le doute, j'ai ordonné à Henriette de délaisser son travail à la sucrerie afin d'aller seconder à la cuisine la vieille Marie-Luce qui, de toute façon, s'épuise seule à sa tâche culinaire. Cela soulagera l'une et, espérons-le, rendra l'autre à la raison.

Sur ces quelques mots, je vous laisse ma petite Mamita (je sais combien ce mot provoque votre ire, mais, je n'y peux rien, même loin de vous il faut que je vous taquine). Une douce brise entre dans le bureau avec ses senteurs de frangipanier et de laurier. Le soleil se retire et fait place à une obscurité scintillante d'étoiles, sous laquelle nous affectionnons habituellement de nous retrouver dans de tendres confidences. Ce ne sera pas pour cette nuit, d'ailleurs je suis trop fourbu par la récolte de ce jour pour veiller plus longtemps ; j'ai en effet profité du voyage de père pour me joindre aux ouvriers dans les champs de cannes.

Tendres baisers de votre Benjamin

Même les paupières closes, le regard la poursuit. Elle voit le vert fascinant qui se reflète par touches phosphorescentes au creux des pupilles brunes. Encadré dans un ovale parfait, cerné de cils fins, le regard la fixe, l'interroge, la cerne, la happe. Constance sent sous ses doigts l'arrondi des dorures du petit portrait qu'elle a caché, comme un secret d'enfant, sous son oreiller. Ce soir, comme souvent, elle ne sera pas dérangée : son mari est à Saint-Louis encore pour ses affaires. Il y passe le plus clair de son temps en compagnie du gouverneur, dit-il. De temps à autre, il revient guidé, plus par le hasard que par l'envie de rendre visite à sa jeune épouse.

Il y a quelques jours, Constance, en croisant son reflet dans le miroir du petit salon, réalisait à quel point cette solitude lui devenait familière. Elle, qui riait tant en Aquitaine, économise maintenant jusqu'à ses mots. La jeune Agnès semble s'être fait un devoir de combler le silence qui se referme sur sa maîtresse. Les paroles de la petite servante sur le climat, la végétation, son avis sur les us créoles et les coutumes du cru, deviennent intolérables à Constance qui la fuit, lorsqu'elle le peut, pour retrouver le calme salutaire de sa morne solitude.

Elle observait sans pouvoir y remédier quelque chose, comme une plaie béante, se refermer en elle douloureusement. Pendant ses longues heures d'introspection, les larmes coulaient sans qu'elle puisse les empêcher. Combien de fois avait-elle écrit son désespoir sur le papier pour ensuite le jeter au feu ? Qu'aurait-elle fait de ce courrier ? L'envoyer à ses parents ? Seraient-ils seulement venus l'arracher à cette terre de soleil qui la voyait flétrir ? En devenant Mme Hoedburg, Constance assure une rente à ses parents pour finir leurs jours dans l'aisance. Quel enfant ferait-elle si elle leur enlevait cela ? Et puis, il y a eu ce jour. Derrière une tapisserie, Constance avait découvert une porte. Elle aurait pu être fermée et l'aventure s'arrêter là. Mais la poignée avait tourné en grinçant de manière sinistre, comme si le mécanisme, qui n'avait pas été sollicité depuis des années, poussait un cri de souffrance d'être réveillé d'un si long sommeil. Constance pénétra dans une pièce aveugle qui avait l'allure d'un placard et qui semblait avoir servi, en son temps, de bureau. Çà et là, des livres étaient entassés sur des étagères bancales. Une tablette couverte de poussière apparaissait sous d'épais cahiers de feuilles jaunies.

Constance avait passé un long moment à regarder ces vestiges sans oser rien toucher, puis ses doigts s'étaient mis à errer sur les feuilles couvertes d'écritures fines, sur la tranche des livres de velours. Pourquoi avait-elle ouvert précisément ce tiroir ? À l'intérieur, il y avait de vieilles lettres, écrites trente ans plus tôt. Elle en avait parcouru quelques-unes distraitement et, au milieu des feuilles de papier, avait découvert le portrait qui consistait en un cadre simple aux dorures usées, légèrement arrondi, ciselé simplement. Mais la beauté du modèle – un jeune homme d'une vingtaine d'années – rattrapait la facture modeste du contenant.

C'est le vert de ses yeux, discret pourtant, qui avait attiré le regard de la jeune femme, puis sa bouche, aux lèvres charnues, et plus encore l'expression du modèle : comme s'il était à la recherche de quelque chose, qu'il appelait un regard, comme s'il était sur le point de sourire. Constance avait quitté l'endroit en emportant quelques lettres et surtout ce portrait qui ne la quittait plus.

Maintenant, Constance appelle le sommeil en caressant du bout des doigts le petit cadre caché sous son drap. Tandis que la fatigue tombe sur son front, elle dessine par l'esprit les contours du portrait. Dans le noir de son rêve, il lui semble qu'il pourra s'animer. Constance invoque la voix qui lui lirait les mots inscrits sur certaines lettres ; des mots d'une tendresse folle, qu'elle n'imagine pas entendre un jour dans la bouche de son époux. Elle répète ces mots dans un souffle avant de sombrer. Ils ne lui sont pas adressés, mais elle se les approprie. Un prénom lu en signature fond en un murmure sur ses lèvres. *Benjamin...*

Elle parcourt le parc de l'habitation. La végétation arbore aujourd'hui des nuances d'un vert hypnotique. Autour d'elle, des fleurs de bougainvilliers, d'Allamanda et de bégonia émergent du sol en d'épaisses grappes rondes et colorées. Dieu, qu'elle aime cet endroit du parc préservé de ces affreuses sculptures pointues que produisent partout les plantes de cette île ! Comment est-il possible d'appeler le fruit des anthuriums ou encore des balisiers, des fleurs ? Ces affreuses excroissances sont plutôt des griffes, des dégénérescences perverses de la nature locale !

Constance cherche dans sa poche le petit cadre. Avant de le trouver, l'écho d'une musique au loin lui fait lever la tête. L'air lui est inconnu, un peu suranné, et pourtant, il lui donne envie de danser. Qui peut bien jouer cette mélodie ? Des domestiques sans doute, dans leur quartier. Quelle idée de jouer à cette heure du jour ? Quelle bonne idée en fait… L'air est doux. Constance a l'impression de sentir le parfum salé de la mer d'Aquitaine. Un sourire s'attarde sur ses lèvres.

Une silhouette se dessine entre les feuillages, tout près. Prise d'une surprenante hardiesse, Constance s'approche et découvre, au pied d'un figuier séculaire, un jeune homme. Il se tourne vers elle, comme s'il l'avait entendue venir, alors qu'elle est bien sûre de ne pas avoir fait un bruit. Il l'observe immobile, comme s'il l'avait attendue et qu'il se satisfaisait de la voir enfin là. *Benjamin…* Le prénom s'envole sur une brise tiède. C'est la voix de Constance qui a raisonné dans le silence, mais le prénom s'est échappé sans que ses lèvres aient bougé.

En réponse, il sourit et lui tend un bouquet composé de petites fleurs rouges et de clochettes orangées.

« Bonjour, madame ! » lance Agnès d'un ton chantant en tirant le rideau. Constance couvre ses paupières de ses mains pour se protéger de la morsure du soleil qui pénètre brusquement dans la pièce.

« Je vous ai préparé quelques tartines de beurre. La vieille Henriette a encore cherché à y déposer son affreuse confiture amère. Mais, une nouvelle fois, j'ai été plus rapide ! » ricane Agnès en marchant avec vivacité autour du lit. Constance, les yeux toujours fermés, cherche à tâtons le petit portrait.

« Qu'est-ce que… ? »

La voix d'Agnès se perd dans un étrange silence. Constance entrouvre les paupières. Dans la lumière crue du matin, elle découvre Agnès penchée au-dessus du sol, figée. Constance suit son regard et reconnaît la miniature qui a dû tomber pendant son sommeil. Elle bondit, la recouvre de son corps brusquement pour la dissimuler à la vue de la fillette qui sursaute, stupéfaite, devant la réaction de sa maîtresse.

« Qui est-ce, madame ? demande la petite servante d'une voix blanche.

— Personne ! Ça ne te regarde pas ! Laisse-moi ! » répond Constance avec une agressivité qui la surprend elle-même. Elle se redresse, enfonce le portrait dans les plis de sa robe de nuit et plante un regard noir dans les yeux de la fillette :

« Ne me regarde pas comme ça ! Je suis bien capable de manger seule ! Sors ! »

Agnès baisse les yeux et quitte la pièce sans un mot. À peine la porte s'est-elle refermée sur elle qu'elle se réouvre. Henriette, une créole d'âge mûr, entre, la bouche pincée, sans porter attention à Constance.

Elle s'avance vers le lit pour en aérer les draps. Constance l'ignore et se tourne vers la coiffeuse où l'attend un déjeuner qui ne lui inspire que du dégoût. Constance s'assoit et contemple son reflet dans le miroir en caressant le portrait au travers du tissu de sa robe. Un sourire de contentement étire son regard de manière à peine perceptible.

« Ka sa yé ? »

Constance sursaute. Perdue dans sa contemplation, elle avait oublié la présence de la domestique. Les doigts de la jeune femme se referment sur le portrait.

Elle se retourne en soufflant, visiblement tourmentée d'être distraite dans sa méditation.

« Qu'y a-t-il ? » lance Constance sur un ton supérieur.

La femme à la peau brune la dévisage, l'air grave, en pointant du doigt quelque chose sur le lit. Constance s'approche en haussant les sourcils et découvre les brins d'un bouquet éparpillés sur l'oreiller et au pied de la couche.

« Ka sa yé ? » insiste la femme.

« Hé bien, quoi ? Tu n'as donc jamais vu de fleurs ? lance Constance avec aplomb.

— M'ame, ces fleurs, c'est poison ! T'es pas folle de dormir avec ? Cont' ton visage en plus ! »

La femme écarquille ses grands yeux noirs et, horrifiée, dévisage Constance.

« T'as un drôle d'air, m'ame… Ma mère va te préparer une tisane…

— Non, laisse-moi donc ! » répond Constance le souffle court.

La femme la fixe sans bouger.

« Va-t'en ! »

Constance l'attrape par le bras sans ménagement et l'accompagne jusque dans le couloir. Elle claque la porte et, à nouveau seule, s'approche des fleurs qu'elle réunit sur les draps blancs. Elle dispose en leur milieu le portrait du jeune homme qui lui est apparu cette nuit dans ce qu'elle croyait être un rêve.

Constance pose un poing sur sa bouche et retient une furieuse envie de rire aux éclats. Elle a encore le souvenir de sa voix à ses oreilles. Cette nuit, il a dit d'autres mots, d'une égale tendresse, mais cette fois, ces mots étaient pour elle et maintenant, par-delà la réalité, apparaissent ces fleurs couleur sang et or...

CHAPITRE 2

Le Morne Rouge, 14 février 1860

Mon très cher ami,

Je suis au Morne Rouge depuis le 11 du courant, le temps de faire quelques travaux à la sucrerie de La Martinière. Je profite de cette oisiveté contrainte pour mettre à jour ma correspondance et prendre du repos.

Vous me demandiez dans votre dernière lettre des nouvelles de mes parents ?

Père fait le tour de tous les savants de l'île et de la Caraïbe pour essayer d'améliorer le rendement de la canne à sucre. Il s'enquiert des dernières nouveautés matérielles et se renseigne sur les méthodes d'extraction du sucre depuis l'Amérique latine jusqu'à la Louisiane. Il compte créer un laboratoire avant la récolte prochaine afin de tester certaines innovations issues toutes droites de son imagination fertile.

Mère se porte bien et gère avec entrain le fonctionnement de l'habitation. Dans le privé, elle ne se cache plus de l'attendrissement qu'elle porte à la petite Suzette, la fille naturelle d'Henriette. Elle saisit des prétextes oiseux pour presser l'enfant contre son cœur, tout en sermonnant et la domestique pour la faiblesse de ses mœurs, et moi-même pour n'avoir point encore pris femme. Elle égrène alors le nom de toutes les prétendantes de la bonne société créole, qui feraient, dit-elle, des épouses aimantes et de bonnes mères et me traite d'ingrat quand j'y réponds par l'ironie.

Je n'ai point besoin de vous citer la liste tant je suis certain que vous la connaissez déjà ; elle est peuplée de jeunes donzelles qui, alors qu'elles vous jettent de doux regards à la timidité travaillée, se posent déjà en maîtresse de maison. Mère ne comprend pas que je ne peux me satisfaire d'un amour tiède bercé de tendresses quotidiennes, comme une mère donne le sein à son enfant. Je suis un homme de fougue ; je préfère mille fois les vagues âpres de l'océan qui se déchiquettent sur les roches brunes de Grand'Rivière que l'eau étale du lagon des Salines. Sans cette passion, point d'union, point de descendance.

Dans votre missive, vous vous enquériez de ma santé. Hélas, mon ami, je suis bien malade. Je souffre d'un mal étrange qui me transporte dans des fièvres tortueuses puis me transit de froid. Un mal qui me fait éprouver les plus hautes excitations avant de me plonger dans des limbes lymphatiques. De ce mal, point de remèdes ou de médecine. Il est d'autant plus redoutable que la personne qui en est atteinte se complaît de son état de souffrance et ne veut point s'en relever. Ce mal qui me dévore les entrailles, qui consume ma poitrine, me rend vivant ; il donne aux fruits une saveur plus sucrée, à l'air des senteurs fleuries, au vent qui joue sur ma peau une action vivifiante. Tout est plus intense et les paysages délicats de mon enfance m'aveuglent

41

aujourd'hui. C'est un venin sirupeux qui coule dans mes veines et dont j'entretiens la douce morsure.

Las, mon ami, je suis amoureux !

Elle est arrivée de métropole voici deux mois et depuis notre première rencontre, elle m'a amené à la vie. Je suis né une deuxième fois par l'ardeur de son éclat et la force de notre amour. Moi qui faisais de mon pragmatisme ma fierté, de mon esprit cartésien ma force, je ne parviens pas même à la figurer avec des mots. Elle m'a ouvert à la vie pour mieux me l'ôter par ses absences. Elle a fait de moi un pantin qu'elle anime ou qu'elle délaisse, à sa guise. Je vis ce séjour à Morne Rouge comme une cure thérapeutique. Depuis des jours et des nuits, je brûle intérieurement de ce sevrage forcé. Hélas encore, mon ami, je comprends que mon sort est irrémédiablement lié à elle, comme une proie qui réalise qu'elle n'est prise au piège que lorsque le dernier tentacule du prédateur l'enroule et l'étouffe. Je choisis en toute conscience de nouer mon futur au sien, même si cela me précipite vers la fin, nous nous marierons avant le prochain printemps. Je vais l'annoncer dès ce jour à mes parents, par le même porteur. Je compte sur vous pour être à mes côtés, comme témoin de ma transfiguration.

Bien à vous,

Votre ami,

Benjamin

Folle… Aucun d'eux n'a prononcé ce mot, pourtant, ils l'ont tous pensé. *Folle…* Qui sont-ils, tous ces aveugles, pour la juger ainsi ? Ils ne voient rien, n'entendent rien, que leur propre ignorance ! Le médecin est venu l'autre jour. Qui l'a mandé ? Constance soupçonne bien quelques personnes : Agnès, qui la dévisage constamment en silence, ou Suzette, oui Suzette ! Cette créole perverse a bien dû parler à son mari ou à sa mère… Et le médecin est venu…

« Ce n'est pas aujourd'hui, ma chère, que je pourrai vous annoncer une heureuse nouvelle… Mais cela arrivera certainement très prochainement. Assurément, votre corps se prépare à l'ouvrage ! » avait-il lancé avec la bonhomie d'un singe savant. Il se gargarisait de sa formule. Que s'imaginait-il ? Qu'elle se satisferait de porter au creux de sa chair un être conçu par d'infertiles amours ? Constance s'était drapée de pudeur et de bonnes manières. Elle avait caché avec habileté l'élan de rage qui faisait trembler ses doigts reboutonnant sa chemise.

Harold était apparu dans la chambre, à l'invitation du médecin. Depuis combien de temps ne l'avait-elle pas vu ? Cela n'importait plus. Qu'ils la laissent fermer les yeux ! Qu'ils la laissent poursuivre la promenade qu'elle a commencée avec le jeune homme du portrait ! Il n'a pas fini de lui parler, de lui confier son secret. L'autre nuit, mon Dieu… il a frôlé sa joue de sa main. Elle aurait voulu que le rêve ne prenne jamais fin. Elle aurait voulu ne jamais se réveiller…

« Monsieur Hoedburg, votre jeune épouse est d'une grande sensibilité, vous avez dû le remarquer avait commencé le médecin. Comprenez que sa vie a changé du tout au tout en quelques jours pour partager votre quotidien, ici, en Martinique. Je pense que Madame votre épouse souffre d'une profonde langueur. Certes, le travail ne manque pas ici, mais si les journées passent vite pour vos domestiques, qu'en est-il pour une jeune dame ? Essayez de lui faire rencontrer du monde. Qu'elle se fasse des amies. Et songez à lui donner un enfant au plus vite ! Un enfant donne du sens à toute une vie et, croyez-moi, chasse bel et bien l'ennui ! »

À ces mots, les deux hommes avaient échangé un rire complice. Constance les avait regardés en essayant de masquer l'écœurement qui enflait dans sa gorge. Son destin devait-il être ainsi ? Subir les assauts répétés d'un mari dont elle méprisait de plus en plus le peu de présence ? Alors qu'elle ne désirait qu'une chose : revoir Benjamin, entendre encore le son de sa voix, être l'objet de ses regards, percevoir avec émerveillement, à chacune de ses paroles, les palpitations de son cœur toujours aux aguets.

Lorsqu'Harold s'était assis auprès d'elle après le départ du médecin, il l'avait embrassée sur le front, comme l'eut fait son père lorsqu'elle était enfant. Il avait plongé un regard de pitié sur elle. *Folle…* Non, il n'avait pas prononcé le mot, mais même lui le pensait.

« Ma chère Constance, je vous ai délaissée depuis votre arrivée. Je ne pensais pas… Enfin, ce temps est révolu ! Je vais me rattraper, je vous le jure ! »

Il s'était penché sur sa bouche. Elle avait brusquement enfoui sa tête dans son oreiller, prétextant une terrible fatigue. Il avait aussitôt quitté la pièce en soufflant respectueusement la bougie. L'ombre s'était à nouveau refermée sur elle.

« M'ame, j'ai retouché votre robe. Vous allez pouvoir l'enfiler. »

Henriette, la cuisinière, entre dans la chambre en portant dans ses bras la robe de taffetas blanc qu'Harold a ramené de Saint-Louis, il y a quelques jours pour se faire pardonner une nouvelle absence. Il était parti avec la promesse d'une surprise à son retour. Il était revenu avec cette robe et une invitation à un bal dans une habitation voisine.

Henriette pose la robe sur le lit et ouvre les draps pour en extraire Constance sans aucun ménagement.

« À cette heure du jour, m'ame, je vous assure qu'il est bien temps de se lever, bougonne-t-elle en accompagnant la jeune femme à la coiffeuse. Vous tenez à peine sur vos jambes… C'est pas une bonne idée d'aller danser dans un état pareil… Mais, allez dire ça à misieur ! »

La vieille créole continue son monologue en dénouant les cheveux de Constance et en les rassemblant à la hâte en un épais chignon.

« Aller, ôtez-moi cette affreuse robe maintenant ! Agnès et Suzie vous attendent à côté pour vous baigner. »

Constance s'exécute. Il y a quelque chose chez cette femme, une espèce d'autorité sereine, qui ne laisse place à aucune contradiction.

« Mon Dieu ! Un chiffon sentirait meilleur ! » lance la vieille femme en saisissant la chemise de nuit trop longtemps portée. Elle tourne le dos et s'apprête à sortir de la chambre.

Constance profite de cet instant, avant d'entrer dans la pièce de toilette, pour ouvrir un petit tiroir de sa boîte à bijoux et y déposer la miniature. Sans un bruit, Henriette bondit et arrête son geste en emprisonnant le mince poignet dans sa main. Elle jette un œil au portrait. Une ombre de tristesse passe dans son regard.

Pâle soudain, elle lance, les lèvres pincées :

« Il faut laisser les morts à leur place, m'ame. »

« Pourquoi avoir mis déjà votre masque, ma chère ? » demande Harold dans la voiture qui les mène à la fête.

Devant le silence de sa femme, il poursuit :

« Je ne vous reproche rien, soit dit en passant. Vous êtes charmante. Vous allez susciter bien des jalousies ce soir ! »

Il sourit béatement, tandis qu'aucun mouvement n'émane du siège voisin. Harold s'imagine-t-il qu'elle l'a écouté ? Qu'elle est flattée de son compliment ? Or, sous le masque élégamment modelé, richement coloré mais figé en une expression flegmatique, une nouvelle larme coule. Constance mord ses lèvres pour ne pas laisser échapper le gémissement qui gonfle dans sa gorge, témoin de sa douleur.

« Vous allez voir comme les fêtes sont belles en Martinique ! J'ai hâte que vous admiriez les lumières, les couleurs ! D'autant que nos hôtes sont des esthètes en matière de musique… »

Ne pas crier. Laisser les pleurs fondre sous le masque, en silence. Apprécier une fête ? Mais comment le pourrait-elle ? Comment peut-on trouver la force de porter son regard ailleurs lorsque l'on souffre d'une plaie mortelle ? Ses mains se referment sur du vide et se perdent nerveusement dans les plis de sa robe.

Lorsqu'elle est revenue s'habiller tout à l'heure, après le bain, quelqu'un – Henriette ? – avait subtilisé le portrait.

« Regardez, Monsieur Nightbourg vient vers nous accompagné de sa femme ! Vous allez voir, ma chère, ils sont passionnants ! »

Des visages de porcelaine défilent depuis leur arrivée. Harold leur attribue des noms avec un enthousiasme enfantin. Constance ne voit que des masques anonymes perdus dans le froissement des toilettes, la danse des dentelles, le défilé des couleurs qui exhalent des parfums aux senteurs exotiques lui donnant le tournis.

Une porte s'entrouvre sur un parc derrière elle. Harold est maintenant perdu dans une conversation où il est question de canne à sucre, de cacao, des opportunités du commerce local… Constance tourne le dos et passe la porte sans que personne ne remarque son départ.

La jeune femme marche dans le jardin, jusqu'à ce que le silence se referme sur elle. Face à elle, l'horizon s'étire sur le fil de l'océan. La musique et les bavardages se fondent à présent en un murmure qui roule au loin, avec le vent du large. C'est l'heure où le soleil s'étend lascivement aux frontières du jour. L'ombre plane partout, auréolée d'écarlate, comme une plaie sanglante en plein cœur du jour. Constance tombe à genoux devant tant de magnificence. Voilà la vraie beauté ! Voilà la raison de sa présence ici ! Assister à ce spectacle…

Elle dénoue son masque qui glisse sans un bruit dans l'herbe tendre. Le vent caresse sa joue humide. Constance ferme les yeux.

« Mon Amour… » souffle une voix à son oreille.

Elle garde les yeux clos. C'est sa voix. Il est là. Elle attend avant de soulever les paupières, qu'il parle à nouveau. Un mot. Un seul. Et elle sera sûre.

« Pourquoi ces larmes ? »

Une main se pose sur sa joue. Les doigts sont doux, brûlants, fiévreux. Les pleurs s'évaporent, la fatigue s'atténue, la langueur, le mal-être fondent dans l'oubli. Lorsqu'elle ouvre les yeux, elle est à nouveau la Constance qui aimait tant courir sur les dunes d'Aquitaine, qui riait à gorge déployée dans les champs, qui laissait ses cheveux s'emmêler dans le vent.

Il est là, face à elle, habillé comme à l'ordinaire de sa redingote de velours sombre. La nuit masque une partie de son visage où perce le brillant de deux émeraudes qui la scrutent jusqu'au tréfonds de son âme.

« J'ai eu si peur de ne jamais vous revoir…

— Mon Amour ! Jamais ! Pourquoi dis-tu cela ?

— J'ai perdu le portrait… »

Il garde le silence un instant et prend les mains à Constance pour l'aider à se relever. Il l'attire à lui avec douceur et murmure :

« Le portrait m'a mené jusqu'à toi, c'est vrai. Mais, c'est autre chose qui nous lie à présent… »

Il est si près. Il n'a jamais été aussi près. Le cœur de Constance pourrait éclater de bonheur.

« Qu'est-ce donc ?

— Ta promesse…

— Tout ce que vous voudrez… » souffle-t-elle aussitôt en se cramponnant à la veste de l'apparition.

Un sourire étrange se dessine sur le visage sombre. Il se penche et cueille avec avidité le serment fraîchement prononcé sur la bouche de

Constance. Leurs visages restent scellés un long moment. Puis, leurs corps s'animent, muets, en une danse silencieuse.

Les mêmes gestes répétés dans les bras d'Harold prennent une autre résonance. À présent, sous les étoiles, Constance découvre la volupté des caresses, l'ivresse des baisers. Plus rien ne compte que la bouche de Benjamin sur la sienne. Toute sa vie se résume maintenant à cela : l'oubli au contact de cette haleine brûlante, de ces lèvres glacées.

La réalité se rappelle un instant à elle. Harold… Une vague de panique s'empare de Constance. Comment envisager de faire semblant à présent ? De reprendre la vie qu'elle abandonne dans les bras de cet autre mystérieux, merveilleux ?

« Emmène-moi avec toi… » lance-t-elle haletante.

Deux émeraudes étincelantes la contemplent dans le noir. L'insupportable silence résonne dans la nuit.

« Ne me laisse pas, je t'en supplie ! Je ne peux pas rentrer avec lui… Je suis folle ! Peut-être ont-ils raison… Mais je ne peux pas rentrer avec lui… Je ne peux plus ! Je ne le supporterai pas… Non, je ne le supporterai pas ! »

Benjamin interrompt ses paroles d'un baiser. La bouche se referme sur elle comme un étau. Elle s'abandonne avec un soulagement désespéré. La danse se poursuit, se prolonge. Les corps roulent sur une musique qu'ils inventent. Un vertige saisit Constance, une sorte de désir grisant, jamais atteint et sur le point de l'être. L'ombre la dépose au bord d'un plaisir dont elle soupçonne déjà l'intensité. Elle s'apprête à laisser la sensation l'envahir, se délecte à l'avance de cela, de cet abandon. Elle ferme les yeux, prête à franchir le seuil d'un autre possible, lorsqu'une main lui saisit brutalement le poignet.

« Constance, bon dieu ! Mais que faisiez-vous ainsi dans le noir ? Vous vous êtes perdue ? Et dans quel état vous êtes-vous mise !

Regardez donc votre robe ! N'avez–vous pas vu que vous étiez au bord d'une falaise ? Nous vous cherchons depuis près d'une heure ! » Harold se tient là, devant elle, l'air soulagé. Autour de lui, quelques hommes encore costumés ont troqué leurs masques contre des torches. Tous la regardent comme un animal de misère. Harold la tire maintenant par le bras. Le soulagement sur son visage se transforme en impatience :

« Venez, Constance. Nous allons rentrer. Je crois que cette sortie n'était pas une bonne idée. Il faut que vous vous reposiez.

— Non… murmure-t-elle en résistant à la pression de son mari.

— Pardon ? Qu'y a-t-il ? Vous avez perdu quelque chose ? Cela expliquerait cette plaisanterie… remarque-t-il en se tournant vers ses acolytes comme pour se justifier.

— Non, je ne viens pas. Je ne peux pas. Il faut que je le retrouve.

— Mais de quoi parlez-vous ? Venez, vous allez m'expliquer tout cela à l'abri, dans la voiture. Nous y serons plus à l'aise qu'ici. Voyez, vous étiez au bord du vide, ma chère, insiste Harold. Un pas de plus et vous faisiez une terrible chute.

— Non, laissez-moi ! gémit Constance en retenant un sanglot. Laissez-moi, je vous en supplie, je dois le retrouver !

— Mais retrouver quoi voyons ?

— Il m'attend… » Constance fait un pas vers l'océan. Le vide l'appelle, irrésistible attraction.

« Benjamin ! crie-t-elle à la nuit. Un écho déformé lui répond dans le lointain interrompu par la voix d'Harold.

— Mais, qu'est-ce que vous dites ? Qui est… ?

— Il faut que je le rejoigne, Harold, je vous en prie…

— Il n'y a personne voyons ! Avez-vous vu quelqu'un ? demande Harold en se tournant vers ses pairs. Vous êtes folle ! Ça suffit ! Vous allez vous tuer ! »

Il tire Constance brutalement vers lui. Elle essaie de résister, mais son corps frêle abandonne rapidement la lutte. Elle s'évanouit.

Pourpre de honte, Harold s'empare du corps inerte. Il avance les yeux rivés au sol, tremblant de rage, tandis que ses compagnons lui ouvrent le passage en silence.

CHAPITRE 3

Sous le soleil de l'aurore, explose une profusion de couleurs que mes yeux ne voient plus.

Mon corps, pourtant encore vaillant et leste il y a quelques semaines, n'est plus qu'une vieille machine usée et décrépite. Je ne sens plus, je ne suis plus, je suis agueusique de l'existence. Je ne suis qu'un vide. Le néant.

Elle est partie, il y a huit mois. Rejoindre sa terre natale et épouser cet autre que je ne suis pas. En voguant vers ce nouvel horizon, elle a coupé définitivement cette amarre, ce fil de la vie, qui me reliait à elle. J'erre. Pathétique. Piégé entre deux mondes. Réduit à une enveloppe charnelle continuant à se mouvoir, mais qui perd son souffle d'âme.

Je ne peux point dire que je souffre de cet état, il faudrait pour cela que ma conscience fonctionne encore. Or je suis devenu étranger à tout. Y compris à moi-même. Je ne ressens aucune animosité envers cet état. Non, car il faudrait une énergie que je n'ai plus. Il y a des destinées qui prennent fin avant les autres. Je savais qu'en baisant ses lèvres carmin je pactisais avec l'ange noir de la mort.

Je suis possédé, comme le répète sans cesse cette jeune folle d'Henriette. Mais le démon qui se nourrit de mon souffle, a besoin parfois de répit lorsqu'il se heurte à ma jeunesse récalcitrante. Alors je reviens doucement à moi. Et les sentiments franchissent à nouveau les frontières de mes sens. Dans ces brefs sursauts, je redeviens acteur dans ma vie, et mesure l'étendue du gouffre qui me sépare des autres vivants. Je pense alors à mes parents qui me voient me dessécher sans pouvoir rien n'y faire.

Ce matin, le spectre infernal ne s'est pas encore attelé à sa tâche morbide ; je savoure de reprendre ma destinée en main. Il me reste quelques instants pour décider de ma vie et être acteur de sa fin.

Toi qui liras ces quelques mots pathétiques issus d'un esprit fou, sache que je laisse là ma plume pour admirer une dernière fois l'astre solaire.

Folle… Folle et infidèle… C'est ce qu'ils pensent tous à présent. Et ils ne font pas que le penser… Ils prononcent ces mots. Ce sont des accusations qui sonnent comme des sentences. Ils ne s'en cachent plus. Les murmures sont de plus en plus audibles. Elle les entend même la nuit lorsqu'elle s'apprête à fermer les paupières et à le retrouver, lui.

Benjamin.

Ils ne savent, ne comprennent pas.

« Qui est-il ? demandent les voix qui l'entourent. Mais, voyons, madame, cet homme n'existe pas ! »

Folle… Folle et infidèle… Le médecin est revenu quelques jours après le bal. Il a pensé ces mots tout au long de l'entretien. Il en a utilisé d'autres face à Constance :

« N'est-ce pas votre imagination ? Le voyez-vous lorsque vous êtes en veille ? Voyons, madame, mais cet homme n'existe pas ! »

Puis, il est sorti de la chambre, un air de profonde inquiétude sur le visage et il a répété ces mots à qui voulait bien l'entendre et pour qu'ils

les répètent à leurs tours encore et encore : *Folle… Folle et infidèle…*
Elle ne leur parle plus à tous ces visages de cire qui viennent déposer de la nourriture, de l'eau, dans sa chambre devenue cellule. Elle a essayé de leur expliquer :

« Si vous voulez, dites que je suis folle, car cet amour est en effet de la folie. J'aime Benjamin de manière irrationnelle. Je ne dors plus. Je ne mange plus. Je n'attends que l'instant où il viendra me rejoindre et ce n'est pas dans mon sommeil. Je le sais, mieux que personne. Il n'apparaît devant personne d'autre que moi. À quoi bon se montrer aux autres ? Il ne veut voir personne, que moi. Il est là pour moi. Et je ne veux plus voir personne moi aussi, que lui. »

Elle a bien essayé de leur dire tout cela. Mais, à chaque parole, ils posaient un argument : la chaleur qui étourdit cette fille habituée au climat continental, une dégénérescence familiale cachée, un sort peut-être. Henriette doit certainement propager cette rumeur. Tous les domestiques noirs qui passent sous ses fenêtres se signent à présent. Constance en a même surpris certains qui s'enfuyaient en croisant son regard ou en devinant sa silhouette derrière les rideaux.

Et elle sourit maintenant. Elle sourit sans cesse. La joie ne quitte plus son visage. Car il ne la quitte plus lui. Il est là tout le jour, toute la nuit, qu'elle soit seule ou pas. Les autres ne le voient pas. Ils ne voient rien. Mais elle sait. Ils la traitent de folle… Ce sont eux les fous !

Harold est entré ce matin, le visage ravagé, les yeux humides. Il ne s'est pas approché pour embrasser son front. Elle lui fait honte. Et peur. Il ne sait pas. Il dit qu'il faut qu'elle se coiffe, qu'elle ne ressemble à rien, qu'elle est de plus en plus sale.

Il a dit :

« Je ne vous reconnais plus… Que vous arrive-t-il ? »

Elle n'a pas répondu. Elle ne parle plus à personne et le sourire ne quitte plus son visage. Benjamin la fixait, un regard brûlant qui l'avait fait frémir. Il la trouve belle. Il ne se plaint jamais d'elle. Peu importent les autres !

« Constance, le médecin m'a proposé de vous accueillir au sein d'une maison de santé. Je refusais jusqu'ici, mais je me rends bien compte que cet endroit ne vous apporte aucun bienfait. Peut-être que là-bas... ? J'ai bien pensé à vous renvoyer en Aquitaine, mais j'ai peur que la traversée vous soit fatale... Vous êtes si faible... Si seulement, vous acceptiez de manger un peu... »

Sa voix s'était interrompue, tout à coup, brisée. Constance n'avait pas bougé, son sourire muet toujours figé sur sa bouche.

« Tu vas partir... »

Benjamin a gardé le silence longtemps après le départ d'Harold. Il est resté dans l'ombre. Constance sait qu'il est toujours là, elle voit deux lueurs émeraude briller dans un recoin de la chambre. Elle sent sa présence pesante, tout près.

« Tu vas partir... »

Les paroles ont émergé du silence. Constance n'a d'abord pas reconnu la voix du jeune homme. Une voix morne, d'outre-tombe.

« Que dis-tu, mon Amour ? demande-t-elle sur le ton enjoué qu'elle lui adresse toujours maintenant.

— Tu vas partir... Tu vas me quitter, répète la voix dans un écho spectral.

— Que dis-tu ? Il n'est pas question que je parte. Où puis-je aller ?

— Il a dit qu'il allait t'emporter dans cette effroyable maison de santé ou... te renvoyer en Aquitaine ! Il n'est pas question que tu partes, m'entends-tu ! Où que ce soit ! Je ne le supporterai pas ! » s'est soudain emporté Benjamin.

« Mon Amour... »

Constance tend les bras. Il émerge de l'ombre en glissant droit vers le lit où elle est étendue, désormais trop faible pour se lever. Il s'allonge à ses côtés. Son corps semble plus glacé que jamais.

« Mon Amour, répète-t-elle contre son oreille. Ils ne peuvent pas nous séparer. Je suis à vous. »

Benjamin garde le silence un instant et lance en se raidissant :

« Non, vous êtes à lui. Il dispose de vous, comme bon lui semble. S'il vous renvoie en France, je ne pourrai pas vous suivre. Je suis enchaîné à cette terre… Je ne supporterai pas de vous voir partir. »

Il se redresse, immobile, sur le bord du lit, les épaules basses.

« Benjamin, je suis à vous. À personne d'autre qu'à vous. Partons ensemble. Je suis prête à cela. Il n'aura plus aucun pouvoir sur moi et nous ne nous quitterons plus… »

À ces mots, il se tourne vers elle avec lenteur. Ses yeux brillent de cette étrange lueur qu'elle lui avait déjà vue, une fois et qui lui inspirait peur et désir, tout à la fois.

Il se penche sur le corps de Constance d'un air lugubre qui décuple sa beauté. Quelle folie de vivre une vie sans toucher du doigt le bonheur d'un tel amour, se dit-elle en fermant les yeux, un éternel sourire posé sur les lèvres.

ÉPILOGUE

« Madame Henriette…

— Arrête donc, m'appeler Ma'ame ! Té ! Henriette ! C'est mon nom ! Henriette ! Ti comprendras ça un jour, ou bien ?

— Oui, pardon, Henriette, reprend Agnès en haussant les épaules. Henriette ?

— Voilà, qu'elle a oublié sa langue et qu'elle ne sait que prononcer mon nom ! Mon Dieu ! Donnez-moi la patience ! lance la vieille femme dans un éclat de rire sonore.

— Henriette, vous êtes sûre ?

— Mais de quoi parles-tu ? Sûre de quoi ? Vas-tu me poser ta question ? Mon Dieu, mon Dieu !

— Pardon. Vous… vous êtes sûre pour ces fleurs ? »

Les rires qui résonnaient dans la cuisine s'interrompent tout à coup. Henriette échange un regard avec ses filles qui baissent les yeux en se signant. La vieille femme pose elle-même les doigts sur le crucifix accroché au mur, au-dessus de la cheminée.

« Agnès, ma fille, sais-tu ce que c'est que ces fleurs ? » lance-t-elle en tendant le menton vers le bouquet aux nuances orange et écarlates éparpillées sur la table.

La fillette regarde Henriette sans comprendre. Elle fait signe que non, interloquée.

« Ce sont des Goutte de sang et des Couronne de mariée. Ta maîtresse les aimait.

— Justement, je pense qu'elle aurait préféré des roses. Les roses roses étaient ses préférées d'ailleurs, mais des blanches auraient été plus indiquées pour aujourd'hui… »

Henriette plonge son regard dans les yeux d'Agnès avant de répondre d'une voix caverneuse :

« Ce seront ces fleurs ! Pas de roses ! Ni blanches, ni roses, ni aucune autre couleur ! Et puis, on en trouve pas ici. Ou alors ça coûte trop cher ! T'as des sous, toi ? Non ? Alors ? Arrêt donc de me contrarier, té ! Ce s'ront ces fleurs ! C'est tout ! »

Les larmes aux yeux, Agnès s'apprête à sortir de la cuisine, boudeuse, puis se retourne sur le pas de la porte pour demander :

« Et alors, pourquoi deux bouquets ? Un seul suffirait bien !

— J'ai quelqu'un d'autre à saluer au cimetière tout à l'heure », répond la femme noire se tournant vers ses casseroles.

Les pas d'Agnès résonnent dans le couloir et disparaissent dans le silence. Elle a du mal à se remettre de la mort de sa maîtresse.

Il y a quelques jours Henriette avait retrouvé le corps gisant de Constance, dans son lit. Elle avait la gorge dénudée et la nuque brisée. La pièce était restée close. Personne n'avait pu entrer. Comment Constance avait-elle mis fin à ses jours ? Le mystère restait entier.

Monsieur avait à peine posé les yeux sur le cadavre de cette femme à qui il avait fait traverser un océan. Depuis le bal, il s'était définitivement détourné d'elle. Sans doute, n'avait-il pas vu les traces sur la gorge laiteuse de sa femme, les marques sombres sous la pression desquelles la mort était venue.

À la fin de la journée, Henriette et ses filles, suivies de la petite Agnès, s'enfoncent dans le parc en silence. Le soleil couchant inonde le petit cimetière, aménagé en retrait de la maison, de nuances rouge-orangées.

« Que va-t-il se passer maintenant, m'ma ? » demande l'une des filles en tendant les bouquets à sa mère.

Avec un sourire empreint de douceur, Henriette dépose le premier sur le marbre frais de la tombe de Constance.

« Pour nous ? Rien. Pour eux, le bal commence. Les morts n'ont pas besoin des vivants pour danser », répond Henriette en soupirant.

La vieille femme fait quelques pas et pose un genou en terre devant une autre tombe, un peu plus loin. Elle balaie les feuilles qui masquent les inscriptions sur la stèle et dépose le second bouquet à côté du nom de celui pour lequel elle ne peut s'empêcher de verser encore une larme ce soir :

1835-1861
Charles Isidore de la Martinière
dit Benjamin

Déraison et châtiments

Un ancien asile d'aliénés en Martinique raconte son histoire à un visiteur de passage...

Encore un pas. Encore un pas et ce sera le pas de trop. Encore un pas, sur ces marches brisées, et tu pénétreras dans un lieu dont d'autres ne sont pas sortis indemnes. Les corps, la douleur, les cris ont déserté cet endroit, mais mon esprit est resté attaché à ces cendres. Je ne veux pas de toi, visiteur ! C'est bien là que tu veux entrer ? Je ne veux pas de toi, te dis-je ! Fais demi-tour ! Il faut que tu t'en ailles ! Mais, comme les autres, tu n'entends pas ma voix... Tu n'entends pas ma voix et tu avances un peu plus...

Va-t-on un jour me laisser en paix ? Pourrai-je avoir, une fois, le doux loisir de l'oubli ? Rien qu'un peu de silence. Cette douce illusion que la mort me berce enfin dans ses bras... Mais une branche se brise sous tes pieds et l'ombre de mon ancienne agonie me submerge à nouveau. Il me semble ressentir encore la morsure de la glace et du feu. Les cris et le désespoir s'élèvent déjà de la terre, comme des spectres. Le passé me revient et je te déteste, visiteur anonyme, de m'obliger à me souvenir.

Alors, comme les autres, tu vas parcourir ce que je fus, à la recherche du passé, de mon passé. Les pensionnaires ne sont plus là et, avec un plaisir malsain, tu vas te donner un instant de frisson. Tu vas chercher dans la pierre brisée, dans le métal déformé, l'ombre de leurs vies brûlées. Cela t'amuse déjà sans doute, sous couvert d'un intérêt historique ou scientifique... Au fond, tu es comme ces hommes et ces femmes qui se disaient médecins, croyant faire bien et qui laissaient parler en fait l'autre voix, celle de leur propre folie.

Comme aux autres, je vais te raconter qui je suis. Je ne pourrai faire autrement. Ma parole s'est toujours livrée de manière incontrôlable. Peut-être est-ce cela qui, en d'autres temps, a causé ma perte... ? Tu avances encore, inconscient, et déjà les mots reviennent... Tu ne les entends pas... ? Rares sont ceux qui perçoivent les mots qui flottent ici et se perdent dans la mémoire du vent.

J'avais une identité, il y a longtemps, une autre vie dont tu ne veux rien savoir sans doute. Et puis, on m'a donné d'autres noms pleins de vanité. On m'a rempli de prétextes et d'orgueil. Je suis devenu la Maison de santé coloniale de Saint-Pierre. On m'a affublé d'adjectifs ronflants : j'étais novateur, un lieu fameux de soins, auréolé d'une philosophie pleine de douce bienveillance.

Alors toi, visiteur, tu es là, brandissant ton appareil photo minuscule dans la poussière des ruines. Tu regardes d'un œil curieux mes murs brisés, les pierres éparpillées, la végétation brûlée qui est réapparue au milieu des cendres dans un désordre sauvage. On m'a démembré et tu regardes tout cela en te demandant ce que j'étais. Tu es plein de ce sentiment de progrès que certains hommes, qui ont marché ici il y a plus d'un siècle, arboraient comme une bannière victorieuse. Leurs discours enflammés résonnaient de pièces en pièces et rebondissaient dans le parc et les jardins. Je les écoutais et les considérais comme je te considère, toi, en ce moment : ignorants, méprisants, meurtriers...

Tu veux la vérité ? Celle qui n'a laissé aucune trace ici, car les autres sont morts – ceux qui entendaient ma voix, ceux qui savaient et que l'on tenait pour fous. Tu ne m'entends pas, mais je vais te la dire quand même. Je vais la souffler à ton oreille sourde, cette vérité âcre et odieuse. Et tu n'entendras rien. Tu ne retiendras de ton passage ici que le souvenir sombre d'un ancien lieu d'horreur. Une sensation nauséeuse s'inscrira dans ta mémoire à chaque fois que tu te rappelleras de moi.

Ici, il y a plus d'un siècle, tout avait pourtant un nom charmant : les déments étaient des malades, la folie devenait une simple anomalie, une malédiction dont il était possible de guérir... On expérimentait de belles notions, comme l'ergothérapie ou l'hydrothérapie. Le recours au latin donnait une expertise aux pratiques obscures et la religion légitimait les châtiments. Ces mots s'inscrivaient dans le discours des médecins mais, dans la gorge des pensionnaires, les cris continuaient à jaillir, comme une musique ordinaire.

Il y avait ici des jardins splendides. Je m'en souviens comme si je les avais parcourus depuis le corps d'un homme, un homme à la peau noire... Les médecins et les sœurs organisaient les visites au milieu des fleurs éclatantes de couleurs, dans le parc verdoyant et ombragé. Ils posaient les malades, assommés de médecines, sur des chaises d'un blanc immaculé et, avec les parents, ils s'entre-félicitaient.

Les familles venaient, écoutaient les paroles réconfortantes des sœurs et des médecins. Ils souriaient aux bonnes nouvelles, rougissaient des mauvaises, mais jamais ne regardaient cette fille, ce frère ou cette vieille tante. Ils ne voyaient pas la détresse, l'incompréhension dans les yeux de ceux qu'ils disaient aimer. Ils ne pouvaient soutenir ce muet et pourtant criant appel à l'aide. Par convenance, ils se rendaient aveugles. Et moi, j'étais, semblait-il, le seul témoin de tout cela...

Regarde, visiteur, ici, l'océan et, là, les champs de canne à sucre qui ont été replantés. Tu vois cela, mais pas les anthuriums, les bégonias, les épaisses grappes de bougainvilliers qui trônaient au milieu de bouquets de bambous géants. Non, tu ne vois pas tout cela. Pour toi, il n'y a aujourd'hui que la terre nue et quelques touffes d'herbes éparses. Moi, je vois ce qui fut beau dans ce lieu si laid... Les couleurs et le mouvement de la nature au rythme des saisons et de la brise océane. L'air iodé et le chant de l'eau serpentaient dans les cours et les bassins. Oui, il régnait, dans ce jardin, une forme de beauté.

Tandis qu'entre mes murs, résonnaient sans cesse les cris des déments. Et ma voix se mêlait hardiment à la leur. Je rugissais de cette folie des esprits qui passait, comme une maladie contagieuse, des malades aux soignants. Quelle pire folie en effet de soumettre un être vivant à des souffrances terribles en prétextant que c'est pour son bien ? Les pensionnaires entendaient ma voix – je n'étais compris que par eux, mes chers frères de douleur ! – et les sains d'esprits pour le seul prétexte qu'ils n'entendaient rien se proclamaient bourreaux salvateurs. Certains éprouvaient même un secret plaisir à éveiller les pires tourments sur des êtres entravés, affaiblis.

Ils avaient tout perdu, mes amis d'infortune. On leur avait enlevé leurs biens, leurs vies, leur dignité. Ils n'avaient plus rien ici, seulement un corps fébrile et un esprit bancal. Ils étaient des prisonniers, même si personne ne prononçait ce mot. Enfermés dans une cellule ou dans un parc, bâillonnés, attachés, leur liberté se limitait à cela : ne plus être que ce que l'on exigeait d'eux. Abandonner leurs délires, écraser toute volonté dans le silence, bien ranger les membres aux mouvements désordonnés. Ne plus bouger, ne plus rien dire, être seulement là, témoin muet d'un monde perverti et imbécile.

Parmi les pensionnaires, quelques-uns s'échappaient malgré tout. Ils étaient vivants, parvenaient à s'extraire de leur corps et à ne plus grimacer de douleur. J'avais de la tendresse pour ces êtres-là, moi qui étais enfermé dans la pierre, face à un océan impossible à atteindre. Je les regardais danser par l'esprit sur les flots, se noyer et renaître ici, dans ce corps serti d'un linceul brun.

Ils étaient les plus sages de mes fous : ceux qui savaient, qui osaient regarder en face l'issue de ce voyage statique. Ils regardaient l'ombre de la mort approcher, sans cligner des yeux, l'accueillaient avec une tendre ingénuité, une enfantine audace. Ils dansaient auprès d'elle, en faisaient leur amie. Ils ne se souciaient pas du salut de leur âme. Ils se savaient perdus et se laissaient sombrer avec un sourire mélancolique. La vie ici ne leur apportait rien et l'au-delà ne pouvait être qu'une vaste promesse. Pourquoi n'ai-je pas compris cela plus tôt... ?

Et les autres, les entravés, les fous furieux, ils se cognaient aux murs, tiraient sur les chaînes, hurlaient leur peur et leur soif de vivre. Je criais avec eux, à tue-tête, toute ma rage. Je me faisais l'écho de leur voix. Je leur soufflais des choses terribles qu'ils répétaient en riant. Et lorsque le châtiment venait, je regardais le sourire devenir grimace. Un autre cri sortait alors de leurs gorges, plein de douleur et de larmes. J'avais mal avec eux dans mon corps minéral. Pour les consoler, je leur soufflais l'histoire d'un homme qui avait fui le mal en cachant son âme dans un morceau de pierre. Lentement, comme un enfant sous le chant d'une berceuse, les cris s'apaisaient et un mince sourire réapparaissait sur leurs faces pâles.

Regarde, visiteur, tu vas voir bientôt le morceau de fer qui a bercé tant de cauchemars... Une chaise de force, seul vestige des châtiments infligés ici. Car je ne te mens pas. Il y avait aussi les baignoires closes, les saignées, les quartiers d'isolement, l'électrification... Et je t'ai déjà parlé des drogues, je crois. Ils appelaient ça les « médecines ». Charmant, n'est-ce pas ? Comme cette sensation d'étouffement qui affolait les plus robustes lorsque les médecins fermaient les couvercles étanches des baignoires dans un grincement métallique. Il y avait si peu d'air... L'eau dans laquelle le corps trempait était trop chaude, tandis que la tête baignait dans l'eau glacée. Il ne fallait pas crier, non ! Car le moindre écho résonnait à l'infini et de manière sordide dans ces boîtes sombres. Et alors, toutes les angoisses émergeaient de l'eau stagnante... Les heures défilaient et le silence prenait l'épaisseur de la mort.

Je me souviens d'un jour sombre où, ainsi enfermé, un homme a fait le vœu de quitter sa prison de chair. La douleur était si grande et son corps meurtri ne le soutenait plus. La mort allait prendre possession de lui et... son âme a été appelée par ces murs. Ou bien, est-ce l'inverse ? Il ne sait plus. Tout ce dont il se souvient c'est que l'enfer n'a pas voulu de lui. Alors son esprit s'est scellé à la pierre. Je suis devenu la Maison coloniale de santé, un sombre tas de pierres... Mon dieu, ce souvenir... Tu es resté trop longtemps, visiteur, va-t'en ! La douleur revient. Je me souviens comme elle irradiait dans ce corps où ne règne désormais que le froid. Va-t'en ! Oh, ce souvenir... Tant d'hommes sont morts ici et il faut que je me rappelle ce visage-là... Celui de cet homme dont le corps a été enseveli il y a si longtemps... Prisonnier pour toujours de ces murs... C'était un pauvre bougre à la peau noire comme la suie. Il avait poussé la folie jusqu'au pire... Mais le pire mérite-t-il un châtiment si long et si cruel ?

Un jour sombre, j'ai fait un vœu et l'on m'a exaucé. Les murs ont enfermé mon âme... Je suis la Maison coloniale de santé. Va-t'en, visiteur ! Quand la pluie de cendres est venue, ce fameux jour de 1902*, je pensais arrivée l'heure de ma seconde mort. Je pensais que les murs brisés libéreraient mon âme... Mais je suis toujours là. Esprit errant au cœur des ruines...Va-t'en ! Car je suis la Maison coloniale de santé. Ils ont enfermé l'âme des damnés dans le ventre de la terre. Mais, moi, j'ai préféré me réfugier au cœur de la roche, tu sais.

Jacob Lapierre... Je me souviens de ce nom. C'est celui que me donnaient les bourreaux quand les aiguilles s'enfonçaient dans ma chair, quand la douleur rayonnait, de manière insupportable, dans ma tête. Les souvenirs, c'est tout ce qu'il me reste... C'était le prix à payer pour ne plus éprouver la souffrance ! Va-t'en, visiteur ! Une vie de tourments, c'est tellement dur à oublier, alors imagine, une éternité...

* La Maison coloniale de santé a existé, érigée en 1839 pour accueillir les malades à Saint Pierre. L'éruption du Mont Pellé du 8 mai 1902 a détruit la Maison et tous ses occupants (200 pensionnaires, 14 infirmiers, 5 religieuses, 2 médecins, l'aumônier et le gérant de l'établissement). Ce fut l'éruption volcanique la plus meurtrière du vingtième siècle. Sa nuée ardente a entièrement détruit la ville de Saint-Pierre en quelques minutes, exterminé ses habitants (30 000 personnes) et coulé une quinzaine de navires marchands.

La sirène

Je regarde l'horizon comme s'il devait venir de là une aide quelconque pour que la guerre se termine. Maman avait parlé de semaines et nous sommes là depuis des mois. Les adultes nous tiennent à l'écart des discussions, en prétextant que nous ne comprendrions pas. Mais je les entends parfois, la nuit. Les autres dorment, mais moi, j'écoute. La guerre se poursuit partout, rapportent-ils. Il y a de plus en plus de morts dans les tranchées. Ils utilisent souvent le mot *horreur* et ça me fait frémir parce que c'est un mot qui induit tellement d'images atroces... J'imagine maman écrasée sous les bombes qu'elle assemble dans l'usine où elle s'est engagée. Et puis papa, étendu quelque part dans la terre, immobile, le visage déchiré, tombé sous les balles des ennemis. *Les ennemis*, c'est-à-dire cette espèce de monstre sans visage qui nous a volé notre vie.

Je regarde l'horizon aujourd'hui, comme hier, en attendant que le temps passe. Je me sens inutile. Tous les jours, quel que soit le temps, notre oncle nous pousse à jouer sur la plage après déjeuner. Au début, je me mêlais aux jeux des petits. À notre arrivée, c'est comme si nous avions tous le même âge : celui de découvrir les vagues et le bleu du large, celui de se rouler dans le sable des dunes, celui de rire avec insouciance. Nous pensions tous alors, loin de la ville et loin des bombes, que cette guerre n'était rien. Elle allait disparaître vite, maintenant que nous ne l'entendions plus gronder. Et puis, l'absence de nos parents, leur silence ont commencé à peser pour les plus petits et à inquiéter les plus grands. Je suis l'aînée et c'est à moi qu'est venu le rôle d'apaiser les craintes. Mais, la nuit, lorsque je parviens à redonner le sommeil à l'un de mes frères, qui m'aide, moi ?

Je suis grande et ne dois donc pas me plaindre, mais je ne suis pas non plus assez âgée pour que mon avis compte. Alors, je ne dis rien. Mais j'entends les gens parler dans le village. Les pêcheurs ramènent du poisson et des rumeurs. Les cris et l'écho des armes se sont perdus dans le lointain de la grande ville que nous avons fuie. Mais, ici, d'autres histoires émergent. On parle d'enfer, de chair à canon, de guerre sans fin. Les enfants n'entendent pas tout cela, mais, moi je me demande combien de temps encore la guerre mettra à nous atteindre.

Je regarde l'horizon en marchant le long de la plage. Les enfants jouent dans les dunes. J'entends leurs rires sans pouvoir distinguer leurs silhouettes. Je marche, comme hier, comme demain peut-être. Le temps ici semble s'arrêter. Jusqu'à cette bouteille qui dépasse à peine du sable humide et qui a l'air de venir d'une autre époque. Mes mains, sans que je m'en aperçoive vraiment, comme mues par une vie propre, s'enfoncent déjà dans le sable pour la libérer. Ma robe est trempée des vagues qui viennent la lécher âprement. Le bouchon cède plus vite que je ne l'aurais cru en lâchant comme un soupir. À travers le verre opaque, je n'en étais pas sûre, mais, si : du goulot, coule la pointe jaunie de quelques feuilles...

9 mai 1826

Nous avons chargé toute la nuit et je ne parviens pas à ressentir la moindre fatigue. Mon corps est comme un cordage tendu prêt à tout affronter. Vents et tempêtes. Nous avons chargé toute la nuit, disais-

je, des soieries et des denrées au nom commun. Et tandis que les ballots, les caisses passaient de bras en bras, certains hommes chantaient de leurs profondes voix de gorge. Ils disaient des mots qui parlaient d'un là-bas. *Est-ce le vin que nous buvions ? Mais il me semble que je pouvais sentir le parfum de ces épices dont je n'ai jamais vu même la couleur... Cette première soirée de travail avait déjà un goût d'aventure !*

Et maintenant, nous y voilà ! L'Annabelle *est parti aux aurores. Un magnifique navire ! Il a fait déjà une dizaine de traversées vers Rio et, ce matin, je suis à bord. Le vent gonfle les voiles et nous avançons sur une mer d'huile. Partout autour, il n'y a que du bleu. Le soleil nous inonde de ses rayons doux et le ciel se confond avec l'azur aquatique qui cingle tendrement la coque à mesure que nous avançons.*

Je suis à bord ! Je ne parviens pas à croire les lignes que je viens de tracer et pourtant... Je lève les yeux et contemple ce qui m'entoure et – en effet – je suis à bord de l'Annabelle ! Il semble que c'était hier que mon oncle lançait – en plaisantant, croyais-je – qu'il pourrait bien me prendre comme matelot. Mon père a ri, d'abord. J'en ai bien l'habitude : il ne prend jamais rien au sérieux. Mais ma mère a pâli. C'est à son visage blême que j'ai su que ce rêve pourrait avoir un jour quelque réalité.

Il s'est passé presque deux ans depuis. Mon oncle est parti des mois. Je pensais qu'il avait oublié, mais je ne cessais d'espérer. Et puis, il est revenu il y a quelques semaines pour une escale avant un nouveau départ. Le commerce vers les côtes du Brésil est en pleine expansion depuis le port du Havre. C'est une opportunité à ne pas manquer, répète-t-il sans cesse. Mais j'ai entendu les femmes parler certains soirs. Dans leurs bouches, la mer est une terrible rivale qui attire les hommes et les avale.

69

En entendant ces mots qui décrivaient un monstre, j'ai eu une formidable vision : une sirène, j'ai vu une sirène me tendre les bras. Elle avait les yeux bleus et de longs cheveux qui coulaient autour de son visage, s'enroulaient autour de son corps et se perdaient dans les flots sombres. J'ai rêvé de cette créature de nombreuses nuits durant. Peut-être suis-je atteint du mal dont parlent ces femmes ? La mer m'appelle et maintenant, je suis là, face à elle.

Les autres hommes sur le clipper me regardent écrire. Ils me disent de dormir, que ce n'est pas l'encre et le papier qui m'aideront à ajuster les cordages des huniers et des perroquets dans quelques heures. Nous nous relevons par équipe de cinq marins sur le pont, de jour comme de nuit. Et bientôt viendra mon tour de veiller à ce que notre avancée reste régulière. Les autres marins disent qu'il faut avoir des nerfs d'acier et être toujours aux aguets au moindre signe de « cette chienne ». C'est ainsi qu'ils nomment l'océan pour se donner du courage.

Mais moi, je n'ai pas peur. Lorsque je regarde les vagues, je lance un appel muet pour qu'elle vienne à moi, la sirène de mes rêves... Je connais son visage et lorsqu'elle sera là, je saurai que c'est elle. Pour le moment, à l'horizon, je n'ai vu que le bleu, le jour, et l'ombre percée d'étincelles pâles, la nuit.

18 mai 1826

Mon Dieu, tout ce temps pour enfin, être là face au grand large ! S'il n'y avait pas tout ce travail pour me distraire dans ma contemplation je resterai des heures à regarder la coque fendre les flots. Mais mon oncle ne m'épargne rien. Il m'avait prévenu bien sûr : « Tu veux devenir marin, m'avait-il répété jusqu'au jour du départ, il n'y aura pas de traitement de faveur ». Et il est vrai qu'il n'en fait aucun.

Les hommes qui me regardaient comme le neveu du capitaine, ne ricanent plus désormais sur mon passage. Nous grimaçons ensemble en tirant sur les cordages, en astiquant le pont, en avalant nos soupes infâmes. Voilà dix jours que nous sommes partis et je suis déjà l'un des leurs. Le jeune qu'il faut rabrouer aussi. Mais c'est avec affection et je ne me défends pas de mes maladresses. Je savais que le métier de marin était dur et je ne manque pas de courage.

Je trouve le temps et la force d'écrire ces quelques lignes. Comme je comprends à présent les ricanements de mes camarades ! Ils se moquaient de mes mains de « donzelle » et de mes épaules frêles. Je ne sais à quoi ressemblent à présent mes épaules, mais pour ce qui est de mes mains... Il ne s'agit plus ici que de plaies béantes que je brûle un peu plus chaque jour en tachant de sang les cordages gorgés de sel. Je souffre d'une façon indicible en ce moment et tenir ma plume est une véritable torture. Mais pour rien au monde je ne serai capable de faire machine arrière !

29 mai 1826

J'ai ces parenthèses de bonheur lorsque l'épuisement et le travail me laissent une seconde de loisir pour contempler l'océan. Quelle beauté, quelle merveille ! Ma vie ne peut être ailleurs assurément ! Et tant pis pour mes mains ! J'essaie de me convaincre, en passant après le labeur la graisse médicinale que m'a fournie le chirurgien à bord, qu'elles finiront bien par s'endurcir ! Et, finalement, ce ne sont que des mains ! La douleur ne m'empêche pas de me mouvoir et de penser. Et Dieu, merci ! Je ne suis pas malade. Des hommes à bord sont pliés en deux depuis quelques jours. Le mal de mer, disent certains. J'en tiens, pour ma part responsable, la nourriture qui est proprement déplorable !

12 juin 1826

Maudite bouteille ! Je ne peux y déposer que quelques-uns de mes feuillets ! Il faut que je me hâte. Nous n'en avons plus pour longtemps. La tempête gronde. Il n'est guère le temps d'écrire. Ni aisé, tant le bateau est instable tout à coup. Le voyage s'était déroulé jusque-là sans accroc et brusquement les vagues sont devenues immenses. Personne n'a vu venir cette tempête.

Tous les hommes, même les plus aguerris, sont livides. Dieu a ouvert sa paume sur nous et nous contemple d'un œil noir. Nous sommes minuscules, inutiles et j'attends ma sirène. Je me répète que j'aurai vécu au moins ! Ma vie sur cet océan aura pris plus de sens que de longues années à vieillir sur terre. Adieu ! Peut-être que jamais ces lignes ne seront lues. Peut-être que la bouteille va se briser en même temps que le navire sur une lame meurtrière.

Et alors ? Tout n'aura pas été vain. Au crépuscule de ma vie, je refuse de m'en convaincre. Je refuse de céder au désespoir. Il doit bien y avoir autre chose après. Sinon, il y aura la mer, mon linceul pour toujours. N'ai-je pas toujours appelé une telle fin de mes vœux au fond ? Je ne désespère pas, non, je touche enfin du doigt le bonheur.

Maintenant, je regarde l'horizon et je vois autre chose.

Sous mes yeux, les rouleaux deviennent gigantesques. Ils me surplombent, menaçants. Je pourrais avoir peur, mais je sais qu'ils ne sont pas réels et surtout qu'ils ne viennent pas pour moi. Ils sont l'ombre d'une tempête ancienne qui a eu lieu en des eaux plus profondes. Les vagues se gonflent autour du navire qui partait du Havre, glorieux et rempli de richesses, fort de mille promesses. Il ressemble à une miniature au cœur d'un ouragan. Il devient dérisoire. Justice va être donnée devant l'arrogance de ce morceau de bois qui a crû avoir le droit de traverser l'immense océan. La vie des hommes qui se démènent inutilement sur le pont a si peu d'importance pour ce géant déchaîné qui cogne frénétiquement contre la coque.

Bientôt, quelque chose va se briser et l'eau pourra s'immiscer. Bientôt, les cris des hommes seront étouffés, comme l'air dans leurs poumons. Je les vois à présent, tous ces visages désespérés. Tous, sauf un. Penché au-dessus du bastingage. Nos regards se croisent. Je sais que c'est lui, le mystérieux auteur de ces lignes. Ses traits sont tels que je les avais imaginés au fil de ma lecture. Il me regarde et lui non plus n'a pas peur. Que voit-il ? J'ai les yeux bleus et de longs cheveux blonds bien sûr, mais je ne suis pas une sirène. Pourtant, il me regarde et sur ses traits, je ne lis que la paix de la première rencontre. Un rouleau fond sur le navire et avant de disparaître, je vois, sur la bouche de ce marin anonyme, naître un sourire.

Au-delà de la mer, il y a eu cette histoire. L'histoire de ce jeune homme qui avait mon âge et le cœur plein de rêves. Il a chassé mes doutes et mes peurs à travers ses mots, à travers le temps. La guerre me paraît loin maintenant. Elle ne peut plus m'atteindre dans cet autre temps où ce naufragé inconnu m'a propulsée. Je regarde l'horizon et maintenant je vois le voyage, le soleil, l'espoir et ces corps de noyés qui dansent pour toujours sous le roulis des vagues, au creux d'épaves remplies de trésors.

Je regarde l'horizon. Les feuillets se pressent contre mon cœur. Et je laisse sur ma bouche se poser le sourire de cet être du passé, au nom oublié, de cet autre, qui, en me taisant son nom, aura su me confier tout de lui et me révéler, moi.

L'empreinte

Je ne sais plus. Que lisais-je déjà ? Moi qui aime tant lire, qui notifie scrupuleusement chaque impression de lecture, comment ai-je pu oublier précisément celle-là ?

Au-dessus de ma tête, le vent faisait danser les branches des arbres. Il était bienveillant. Il faisait silence en moi. Tout s'était éteint alentour, à l'exception du vent qui soufflait doucement sur les pages de mon livre pour me rappeler sa présence. Peut-être voulait-il me distraire. Mais ses tentatives restaient vaines, j'étais imperturbable. Perdue dans un ailleurs créé par un autre, je me laissais bercer par les mots, les images que le récit faisait naître dans mon esprit. Le paysage que mes pensées traversaient m'échappe, mais je me souviens de la sensation : je voyageais, immobile, dans un écrin de verdure préservé de toute temporalité. Je parcourais le monde à l'abri dans mon corps.

Comme j'aimais lire dans cette clairière ! Il m'arrivait de lire ailleurs, bien sûr, par exemple chez moi le soir, comme tout le monde. Mais c'est ici, me semblait-il, que je lisais le mieux : dans cet endroit du parc, reculé, difficile d'accès, que j'atteignais après de farouches efforts pour ne pas être dérangée. Et je ne l'étais jamais. À dire vrai, je ne l'avais jamais été, jusqu'à ce jour.

J'aime les gens et leur compagnie. Mais, pour être honnête, lorsque je le peux, dès que je le peux, je recherche la solitude. Et dans ce lieu, je la trouvais toujours, comme une vieille amie qui n'avait pas besoin de mots pour partager ma présence. C'était le cadre idéal pour une évasion imaginaire et je m'y adonnais, dès que l'occasion se présentait, avec délice.

Tout était comme à l'ordinaire ce jour-là : le vent, le silence. Mon dos était calé au creux du même arbre. J'avais un livre dans les mains et le visage perdu dans les pages de l'épais volume. Pourquoi mon esprit a-t-il été rappelé alors que rien n'était advenu pour le distraire ? Je ne sais plus. Je me souviens seulement que le vent avait cessé soudain de jouer avec les pages de mon livre, comme s'il avait cédé la place, pour un temps, à une autre présence. Dans tout ce silence, ce jour-là, j'ai levé les yeux avec le sentiment inhabituel, irrationnel, de ne pas être seule.

Ce sont ses pieds que je vis d'abord. Ils étaient nus dans l'herbe, petits et anormalement larges. Je pouvais les détailler nettement entre les brins de verdure. Il me semblait que la peau très blanche reflétait légèrement la couleur de l'herbe qui s'enroulait amoureusement entre les orteils ronds et les chevilles étroites. Ainsi, les veines qui s'entrelaçaient sous la peau fine ondulaient en une arborescence toute végétale. Les pieds étaient posés sur le sol, un peu rentrés vers l'intérieur, dans une position qui évoquait la timidité, l'enfance, l'hésitation, que sais-je ? Mon regard remontait aux chevilles, puis aux mollets et aux genoux et je me demandais – surprise de me poser une question aussi incongrue lors d'une telle rencontre : comment de si petites articulations pouvaient-elles supporter de déplacer des pieds aussi larges ?

J'avais devant moi un être minuscule qui m'observait en silence. J'ai cru d'abord à une statue qu'un invisible plaisantin aurait posée là, profitant de ma lecture pour me surprendre. Le regard ne me quittait pas. L'idée m'est venue un instant de replonger dans mon livre pour lui faire baisser les yeux et peut-être faire disparaître cette dérangeante apparition. Sourdes à cette pensée, mes mains se sont refermées sur les pages. En réponse, l'être s'est animé, a fait un pas, puis un autre. Le froissement ténu de l'herbe sous ses pieds était le seul son qui parvenait à mes oreilles.

J'attendais, consciente que le moindre mot, le moindre geste, pourrait briser la magie de l'instant. L'être s'est arrêté à mes pieds. Je me souviens que je gardais les jambes bien repliées contre moi pour ne pas risquer de le bousculer. De si près, je pouvais distinguer les traits de son visage, étonnamment assez proches des miens lorsque j'étais enfant. Dans ses cheveux en bataille, des feuilles et des fleurs étaient nouées dans un ordre anarchique, tenues ici et là par de petits bouts de bois dont la couleur se mêlait aux nuances de la chevelure. Ce n'était pas une fillette, mais un être sans âge dans un corps miniature qui se tenait face à moi.

Je détaillais cette créature étrange et muette. Une épaule menue sortait de la toilette sommaire qu'elle portait. Les mains disparaissaient dans les plis d'un tissu dont la nature m'était inconnue. La couleur tendait du brun au vert. Il semblait lourd et rêche.

Et puis, j'ai croisé son regard. Au fond de ses yeux d'un azur brumeux, d'un bleu pâle et triste, j'ai vu une lumière étrange, irréelle qui a eu la mystérieuse propriété de lier son esprit au mien. J'ai vu par ses yeux hier et demain. J'ai vu ici et là-bas. J'ai vu des visages et j'ai partagé, sans comprendre pourquoi, leurs sourires. Je me sentais nostalgique et envahie d'une curieuse confiance.

Lorsque je suis revenue à moi, l'être était encore là, immobile dans le silence. Son expression ne trahissait aucune surprise. J'étais figée, paisible. Tout à coup, une main est apparue devant moi, petite et pointue. Elle s'est ouverte sur une fleur couleur d'or. Ses pétales se sont épanouis dans la paume avec une merveilleuse lenteur, répandant de minces rayons de lumière dans la clairière. La main a disparu et l'être avec elle, laissant la fleur flotter doucement jusqu'au sol.

Le souffle coupé, j'admirais un instant les reflets d'or qui dansaient autour de moi : remontant sur le tronc des arbres, coulant le long de chaque feuille. J'ai attendu longtemps jusqu'à ce que le soleil décline et avec lui l'éclat de la fleur. Avant de partir, je l'ai ramassée et glissée dans les pages de mon livre. Je suis rentrée. Le quotidien s'est lancé à mes trousses et avec lui, le doute. Le livre a retrouvé sa place sur l'étagère, au milieu de ses congénères. Je l'y ai oublié. La lecture resta inachevée.

J'ai osé revenir quelques fois dans la clairière au fond du parc. Partagée entre l'impatience et l'appréhension, je ne pouvais plus y lire et l'être ne m'est plus jamais apparu.

Que lisais-je déjà ? Je me suis posé de nombreuses fois la question en me rappelant ce jour. Je me suis convaincue, avec le temps, que je ne lisais peut-être pas. M'étais-je assoupie ? Sans doute. Avais-je rêvé tout cela ? Certainement.

Que lisais-je déjà ? J'ai cessé de me poser cette question. J'ai gardé le silence. J'ai voulu oublier.

Jusqu'à ce soir.

Ce soir, je cherchais dans ma bibliothèque un ouvrage, lu il y a longtemps, dont je voulais relire quelques passages. En feuilletant un livre au hasard, j'ai retrouvé, entre ses pages, une fleur séchée dont la couleur passée a laissé sur le papier l'empreinte d'une ancienne lueur.

POUR EUX

Quelques lignes de plus
pour trois personnes qui comptent.

Certaines sont de moi,
les autres sont nées de la main de fées...

La guitare

À Saint-André des Vineux, le 8 août

Ma petite puce,

Tu dois bien rire en me lisant, n'est-ce pas ? Tu as bientôt 15 ans et je t'appelle encore « ma petite puce »... Mais je sais que tu seras pleine d'indulgence pour ton vieux grand-père. Même si tes parents, en ce moment, sont persuadés que patience, indulgence et tempérance sont des notions à jamais perdues pour la jeune femme que tu deviens. Pour moi, tu sais rester l'enfant qui aimait à me servir un thé imaginaire accompagné de sucreries en plastique, les après-midi, après la sieste. C'est comme un secret précieux que l'on partage et qui, pour moi, a la saveur d'une veille de fête.
Pour toi, tout cela est lointain, je le sais. Tu n'aimes pas qu'on évoque le passé et l'enfance. Tu es fermement tournée vers l'avenir qui est la promesse de mille possibles, pluie de joie, d'amour et de lumière... C'est tellement normal ! Tu sais ce que l'on dit : il faut que jeunesse se passe... Tes parents et plus encore moi avons connu cela. C'est ton tour à présent, ma princesse.
Dans le colis que contenait cette lettre et que tu as sans doute ouvert fiévreusement avant de me lire ; à moins que ta sœur ne s'en soit chargée... Je serais curieux, vraiment, de savoir qui a été la plus

rapide et j'espère sincèrement que vous ne vous êtes pas disputées à cause de moi. Si c'est le cas, j'en suis désolé et vous embrasse bien fort toutes les deux, mes chéries !

Dans ce colis, disais-je, tu trouveras ma guitare. Ta mère m'a confié par téléphone, il y a quelques semaines, que tu voulais apprendre à en jouer à la rentrée. Elle ne m'a rien demandé et je lui ai proposé de te donner la mienne qui prend la poussière depuis tant d'années. Tu connais ta mère et tu imagines bien sa réaction :

« Mais non voyons, tu ne vas pas t'en défaire ! C'est trop de souvenirs pour toi, même si tu n'en joues plus ! » Etc., etc.

Ta mère en somme. Toujours à vouloir ménager la chèvre et le chou. J'écris cela sans aucune arrière-pensée, tu t'en doutes, ma petite puce. J'ai eu des filles merveilleuses et deux petites filles extraordinaires. Je me demande parfois si j'ai été à la hauteur, tant je suis dépassé par vos qualités à chacune...

Mais je m'éloigne encore du sujet. J'ai de plus en plus de mal à m'astreindre à une logique lorsque je m'exprime. Mes pensées vagabondent et j'avoue apprécier leurs errances, me laisser bercer par les chemins qu'elles empruntent. C'est l'âge ! Il paraît que je deviens un vieux schnock. Ta grand-mère n'arrête pas de le répéter et, comme elle ne cesse de dire aussi qu'elle a toujours raison, je ne la contredis pas et me tourne vers ces rêveries bondissantes et joyeuses qui me ramènent si souvent à vous, mes filles. Ça énerve ta grand-mère de me voir immobile, perdu dans mes pensées, mais moi, ça me distrait en attendant vos visites, alors...

Que te disais-je ? Ça me revient : la guitare ! J'espère qu'elle aura supporté le voyage. Bien sûr, j'aurai pu attendre le mois prochain, lorsque vous viendrez pour l'anniversaire de Tatie. Mais le mois prochain, tes cours auront commencé, je crois, et je voulais que tu te familiarises avec cet objet avant. D'ailleurs, peut-être est-elle *complètement désaccordée et plus bonne à rien. Si c'est le cas, tu auras quand même le temps de t'en acheter une autre. J'ai gratté quelques accords avant de déposer l'instrument dans le carton. Elle me semble encore correcte, mais ton professeur te dira cela mieux que moi.*

Je te parlais de jeunesse plus haut et c'est un peu de la mienne que je t'envoie. Si tu parviens à la faire résonner, dans l'ombre de la tienne, ce serait merveilleux. Si cette guitare pouvait parler, chanter plutôt, elle te raconterait les voyages que nous avons faits ensemble, les quelques tournées en province. Rien de grandiose, mais c'est ma petite fierté aujourd'hui encore.

J'ai hâte de t'entendre jouer. Si tu savais comme je suis heureux que tu aies choisi cet instrument...

Comme je ne suis pas doué pour les envolées lyriques et qu'il faut que je me décide à porter ce colis à la Poste, je t'embrasse simplement, ma petite puce.

Ton papi Noël

Le pinceau

de Mélissa Touzet

Visualisez une grande table ovale. Autour, on peut y trouver des meubles en bois de chêne, décorés de gravures semblables à des feuilles de lierre. Chandails, verreries ou photos de famille y sont placés. Les murs sont couverts de papier-peints dorés, lavande ou bordeaux. Au plafond, un lustre est accroché, décoré de pierreries – fausse j'imagine – donnant au salon une éclatante lumière, pleine de douceur. Sur la table est posée une quinzaine de plats dans lesquels sont disposées des milliers de pommes de terre, poissons, fruits confits, chocolats. Il y a aussi toute une rangée d'assiettes de porcelaine, de couverts en argent, de verres à pied en cristal.

J'ai été convié, comme toujours, au célèbre dîner de famille. En effet, autour de cette table, se trouvaient des mères, des pères, des filles, des fils, des cousins, des cousines de tous liens qui viennent pour parler politique, argent et haute classe. Il y avait aussi des amis, des partenaires et des chefs d'entreprise venant raconter leurs affaires et les routes de l'or.

Or, il faut le dire, tout cela m'ennuyait. Mes parents, il y avait une dizaine d'années, avaient réussi dans leur usine de train à vapeur. Depuis, ils profitaient de toutes ces choses, comme s'ils faisaient partie de la haute société ; alors qu'ils pourraient se contenter de moins. Ils invitaient un nombre infini de gens, pour ne parler que de cela.

Mon père, en, essuyant de sa bouche les restes de truite, déclara :
« Et il n'y a pas plus de deux mois que j'ai acheté les chemins de fer de... Oh... Je ne me souviens plus s'il s'agit de ceux de Troyes ou de Saint-André ! »
Les invités rirent coquettement et continuèrent de dîner en se racontant quelques galanteries.

Je fus pris par l'envie de parler d'amour :
« Savez-vous que mon amie d'enfance, Louise, va se marier ? Voilà de nombreuses années qu'ils...
— Oui ! Je l'ai appris ce tantôt. Elle se marie avec un certain Ragenneau ? Je crois avoir entendu dire qu'il avait fait faillite ! »

La femme âgée se tut. Une de ses amies continua :
« Ce bon vieux Charles ! Il a perdu une grande somme dans la direction ! »

Une autre ajouta :

« Tout à fait ! Et en plus, cette pauvre enfant, la connaissant, n'a pas grand dote à lui donner ! »

Elles rirent de plus belle. Ces aigres paroles m'indignèrent. Toutefois, je me retins de répondre.

« Et vous, mon cher, vous travaillez dans quel domaine ? »

Un ami de mon père me fixait en attendant une réponse, je finis par déclarer :

« Euh... Le mot travailler est un peu fort. Disons que j'aime peindre à mes heures perdues.

- Quel genre de peinture ? intervint l'homme à son côté.

— Plutôt baroque. J'apprécie la couleur vive sur mes toiles. Je peins des natures mortes ou des paysages selon... »

Une jeune femme parée de milles bijoux, me coupa aussitôt la parole :

« Je connais un peintre qui crée de magnifiques natures mortes ! Comment s'appelle-t-il déjà ? »

Mon père ne trouva que cela comme réponse :

« Ce qui est sûr, c'est que ce n'est pas mon fils que vous recherchez ! »

Toute la tablée se mit à rire fort et bêtement. Ils en devinrent écarlates.

Je me levai promptement, tout d'abord, puis je remis mon veston et mon haut-de-forme. Avant de m'en aller, je leur dis :

« Je dois partir, pour prendre l'air, je reviens dans cinq minutes. »

Ils ne prirent pas la peine de me répondre, trop occupés à rire. Je sortis rapidement. Je fermai la porte et m'assis sur les marches du palier.

À quoi tout ceci rimait-il ? Voilà des années que je participais à tous ces dîners ! Mêmes discussions, mêmes plats et même grossièreté envers moi et mon bon entourage. Je me sentis oppressé, enfermé dans cette sorte de cage. Je suis bien prisonnier de toute cette bourgeoisie !

Je levai la tête, à côté de moi se trouvait un petit garçon. Il était roux, ses cheveux étaient en bataille. Il portait un pull en laine bleu marine et un pantalon, déchiré au niveau des chevilles. Il me regardait curieusement.

« Avez-vous un problème monsieur ? »

Je le regardai un instant, cherchant quelque chose à lui répondre. Je finis par déclarer :

« Non, ça va bonhomme ! Et toi, tu es perdu ?

— Plus maintenant. En fait, je crois que c'est vous qui l'êtes. Mais sachez que parfois, pour trouver son chemin, il suffit d'en emprunter un autre...

— Quoi ? Je n'ai pas... »

Le petit garçon tourna les talons et s'éloigna sans dire un mot de plus.

À ce moment-là, je compris enfin ce qu'il avait voulu me dire. Je me levais, regardait une dernière fois la maison de mes parents, et je partis.

Je m'installais dans le compartiment de deuxième classe d'un train ; et je m'en allais, sans bagages, vers la campagne.

Je fouillais dans mon sac à la recherche d'un ticket quand je retrouvais mon pinceau ! Celui avec lequel ma première œuvre était née ! Cela ne pouvait pas me faire plus plaisir !

Je pris le temps de contempler son manche, bleu presque noir en bois fin. Je caressai ensuite ses poils de couleur carotte qui ornaient sa tête.

Il me rappelle quelque chose... Ou quelqu'un... Je dois rêver ! Après tout, ce n'est que mon pinceau !

Travail de rédaction réalisé en classe de 4e par ma fille aînée, dont l'objectif était d'écrire une nouvelle fantastique et publié dans la Gazette de Chaource (Aube) en mai 2021.

Josette au bout du ciel

de Manon Touzet

Un jour, alors que Josette profitait de la vue sur la mer. Elle leva les yeux et se demanda :

« Mais qu'y a-t-il au bout du ciel ? »

Alors elle prit ses chaussures et un avion et *pfiou*! la voilà décollée.

Une fois dans le ciel, elle croisa un oiseau. Celui-ci lui dit, étonné :

« Mais que fais-tu ici ? »

Josette répondit :

« Je cherche ce qu'il y a au bout du ciel. Le sais-tu, toi ? »

L'oiseau dit, navré :

« Eh bien non, mais je peux t'emmener vers quelqu'un qui le saura sûrement.

— D'accord, dit Josette. »

L'oiseau l'emmena au sommet d'une montagne où il y avait des nuages. Josette le remercia, l'oiseau partit et derrière elle, elle entendit des grelottements. *Glaglagla !* Elle se retourna et vit un nuage couvert d'un gros manteau long et d'un bonnet chaud avec des moufles rouges.

« Ho, bonjour...

— Mais tu n'as pas froid !

— Heu non...

— Ho, mais ce n'était pas une question ! Tiens mets ça ! »

Il lui donna un manteau.

« Merci.

— Mais que fais-tu ici ? lui demanda-t-il.

— Je voudrais savoir qu'est-ce qu'il y a au bout du ciel et l'oiseau m'a emmenée vers toi.

— Ha ! Tu veux dire Picoti. Ça ne m'étonne pas, je suis la bonne personne.

— Alors qu'est-ce qu'il y a au bout du ciel ? demanda Josette tout impatiente.

— La vraie question, Josette, ce n'est pas ce qu'il y a au bout du ciel, la vraie question c'est que veux-tu y trouver ?

— Heu, je ne sais pas trop. »

Le nuage la regarda avec un grand sourire et lui dit :

« La réponse se trouve peut-être un peu plus haut dans le ciel. »

Josette se dit : *mais oui, c'est évident !* Alors elle remercia le nuage, échangea son avion pour une fusée et *pfiou !* elle décolla. Une fois dans l'espace, elle admira la vue jusqu'à ce qu'un gros *BOUM* retentit. Josette regarda derrière elle. Rien. Elle vit à droite de la fusée une petite étoile qui lui faisait signe d'ouvrir. Alors Josette ouvrit.

La petite étoile lui dit :
« Bonjour, je m'appelle Luna et toi ? »

Josette répondit :
« Moi c'est Josette. »

L'étoile lui demanda :
« J'ai une petite question : que fais-tu ici ?
— Je me demande qu'est-ce qu'il y a au bout du ciel, répondit Josette. »

L'étoile, les yeux écarquillés, se mit à rigoler.
« Désolée de te décevoir mais le ciel, c'est infini. Tu ne pourras jamais savoir ce qu'il y a au bout du ciel.
— C'est vrai ça, se dit Josette.
— Bah, c'est évident, mais si tu veux, on peut aller sur la lune regarder les étoiles.
— D'accord, ça a l'air génial ! »

Alors elles partirent en direction de la lune. Une fois arrivées, elles mirent leurs costumes d'astronaute et les voilà sur la lune. Pendant une heure, elles observèrent les étoiles, la lune, les étoiles filantes.

« Bon, c'est l'heure, je dois y aller, merci beaucoup, Luna !

— Oh de rien. Tu n'es pas déçue ?

— Non car j'ai passé une très bonne journée. »

Josette partit rejoindre ses amis.

« Alors ? Alors ? »

Josette dit :

« Eh bien, au bout du ciel, il y a l'infini. »

Ses amis étaient tous étonnés.

« C'est vrai mais tu as fait ça pour rien du coup.

— Non ! dit Josette. J'ai rencontré plein de nouveaux amis, comme le nuage ou Picoti l'oiseau, ou encore Luna l'étoile. Enfin bref, c'était la plus belle de toutes les journées ! »

Travail de rédaction réalisé en classe de 6e par ma fille cadette, dont l'objectif était d'écrire la suite du conte "Josette au bout de l'eau" d'Alex Cousseau.
Manon a obtenu le premier prix de sa classe pour cette nouvelle qui a reçu les félicitations de ses enseignants et de l'auteur présent pour l'occasion.

REMERCIEMENTS

Merci à mes deux sources d'inspiration, Mélissa et Manon, qui éclairent joyeusement mes jours et remplissent mon esprit d'histoires fantastiques. Je pourrais écrire sur elles des pages et des pages, mais un autre sujet m'occupe en ce début d'année 2023…

Je voudrais remercier l'homme qui m'a accompagnée depuis ma naissance, qui a été d'une indéfectible bonté, qui a posé dans mon cœur et mon esprit les graines de tout ce qui compose mon identité aujourd'hui.

Depuis quelques jours, le temps poursuit sa course, sans la présence de cet homme qui nous a quittés paisiblement.

C'est une douleur indescriptible et je ne peux imaginer dédier cette page à quelqu'un d'autre alors que j'ai l'impression de lui avoir trop peu exprimé ma gratitude de son vivant.

Il faisait partie de ces personnes qui passent sans faire de bruit, mais qui laissent sur leur passage quelque chose de doux et de familier. Il faisait partie de ces personnes que l'on aime d'emblée, attachantes, un peu drôles, ces personnes agréables que l'on croit à l'abri du souci et de la peine. Il faisait partie de ces personnes qui ne se plaignent jamais, qui sont à l'écoute et qui prennent ce que le jour leur donne sans se plaindre de rien.

Il était de ces personnes qui prennent peu de place. On se dit qu'elles vont partir, comme elles sont venues, sans faire de vague, mais je découvre aujourd'hui le vide béant de son absence. Sa présence muette, sa voix douce, son regard bienveillant, tout cela, et plus encore, n'est plus là.

Il était modeste et pourtant…

Il s'appelait Léon, se faisait surnommer Fred. Il aimait lire des romans, mais aussi des essais philosophiques. Il aimait les chiffres et en avait fait son métier. Il jouait de la guitare, chantait divinement, avait fait partie d'un groupe dans sa jeunesse avec lequel il avait enregistré des 45 tours et avait fait quelques scènes. Il était fan des Beatles, adorait jouer aux échecs et était classé international. Il avait du talent et était drôle, doté d'un cœur en or et plus que tout, adorait le chocolat.

On veut croire ces êtres éternels et quand ils s'en vont, le sol se dérobe sous nos pieds. On s'accroche à des objets du quotidien pour se prouver que tout a bien existé. S'il me voyait en ce moment avec ma boîte de souvenirs, il lèverait les yeux au ciel en souriant. Il me dirait peut-être d'arrêter de faire n'importe quoi et me demanderait comment vont ses petites filles ?… et le travail ?... Il retournerait la discussion sur les autres en somme, car les autres ont toujours été son seul souci ; et certainement, dans cet ailleurs lumineux où il est à

présent, le fait-il, mais je ne peux pas le voir, je ne peux lui répondre…
Cette idée me fait sourire et me broie le cœur tout à la fois.

Papa, je veux poser ici que je t'aime, que tu as été un père et un grand-père merveilleux. Merci merci merci de m'avoir donné ta curiosité, ton goût de la lecture. Je crois aussi avoir hérité de ton bon cœur et de ta bonne humeur. Tu me manques terriblement, mais sois certain, qu'avec les filles nous allons cultiver ce que tu as planté : cet amour des arts et des livres, cette joie, cette bienveillance et ce souci de l'autre.

Tu restes dans nos cœurs pour toujours.

Page auteur sur Facebook :

Le refuge d'Alexandra